古卷首部曲 ──────── 巴別人

The Treatise's Strings

Babelians

林慎

序

詩歌舞霓虹區

Sycamore, Downing City D.Y.2746

紅海早過了，歷史悄然揭開序幕。

　　敵托邦二七四六年，全球制度早就崩潰。大戰過後地理生存環境大變，各國政體無法維持，大多四分五裂而瓦解，剩下來的奄奄一息，新英格蘭亦無法倖免。這個國家於戰前世界處於重要的位置，不論在經濟還是地緣政治上都舉足輕重。不過它的強大也成為過去了，名存實亡，有意義的部分只剩下一個主要的蒸汽城市。大戰沒有徹底滅世。或許，生存的人寧願祖先早就死去，免去後代們不生不滅的磨折。

　　「本班列車已到達狄唐寧終點站，所有乘客請離開車廂。」

　　火車站滿是蒸汽，空氣中瀰漫了柴油的味道。乘客爭先恐後地按廣播指示離開車廂，務求盡快通過海關和入境局。

　　「姓名？你來做甚麼？拇指放在機器上。該死的機器，他們就不能更換嗎？好了，揭開，叫你揭開！揭下去，叫你揭下去！是你選了這個目的地，不是這裡選了你，不滿意的話現在就回去，我們不在乎。揭下去，一頁一頁，給我讀清楚，再讀。給我一頁、一頁好好地讀。現在望向鏡頭，望著這裡，不要望向其他地方！望著。好，下一位！」

　　厚重的皮靴踏步聲夾雜在人群的吵鬧中。出現在入境局職員眼前的人顯然不是平民。他身穿著具強烈磨損痕跡的機車騎士皮衣和充滿泥污的破爛牛仔褲，手提著一個軍人用的那種巨大軍綠色粗麻布袋，行囊中偶發出聲響，好像隱約是由一些金屬枝狀物件碰撞所發出來的。他身形相當健壯，厚牛皮皮衣包裹著他粗壯的手臂和身軀。他有一頭糟糕的長卷髮和一臉鬍子，粗獷的臉龐上吊著一雙相當疲憊的眼睛，本能地掃視現場，像厭惡自己職業的獵人盯著獵物一樣。人們很清楚這種身形的人，不是負責救人，就是負責殺人。一旦眼神與之接觸，就知道是何者了。看到他混濁的雙目，會感到渾身不自在，彷彿他靈魂早經耗損，不少生命在他的手上流逝，而他亦不介意多增添一員。

　　「啊，林先生，是嗎？系統上已經有你的資料，我們不須知道

The Treatise's Strings: Babelians

你的全名。」職員抬頭望他一眼,又馬上低下頭說:「嗯,現在請你望向鏡頭⋯⋯」

話未說完,林先生已經從職員手上搶過護照,逕自走開。

「林先生!林先生!」

他沒有理會。職員雖然出於本能地站了起來,但不敢多事,只得望著他走遠,嘆了口氣便坐回座位繼續處理下一個入境者。

「狄唐寧城,霓虹都會,坐擁戰前遺跡,全球摩天大樓最多和最高的國際蒸汽城市。地道的舊城區可以滿足你冒險歷奇的願望。晚上登上韋特大廈觀景層,古英格蘭平原盡收眼底。狄唐寧城旅遊局,衷心歡迎你。」廣告板上宣傳著,它的背景照片正是五光十色、充滿霓虹燈的璀璨夜景。最高的大廈上是巨型的「RETIRW」霓虹燈牌,其右下角寫著「©Downing City, D.Y.2746」。林先生走過維多利亞樣式、已日久失修的大堂,左方可以乘坐高級的快速列車,右方則通往底層的巴士總站。不同交通工具的指示牌上皆印著同一間公司的標誌。這之所以是個虛無的選擇點,是因為他——和城內的大部分人——的預算只可能負擔右方。而且不管他怎樣選擇,錢都會流到同一個口袋。

林先生錯過了能最快通往市中心的巴士班次,只好乘坐下一輛有語音導航的巴士。乘客當然可以「選擇」不戴耳機去享受自己的時間——假如承受得了殘舊的巴士引擎發出的刺耳噪音的話。大部分人還是戴上了耳機。林先生不以為然,他覺得在擠滿乘客的車廂內,即使不戴上耳機,還是會聽到語音介紹。

「狄唐寧城,以戰後全球重建計劃主要捐款人狄氏家族命名,這裡方圓⋯⋯」

耳機播放的內容仍未完結,林先生鄰座戴著運動型眼鏡的男子便說道:「見鬼的狄唐寧城,誰都叫這裡做敵唐寧城吧,還在裝歌舞昇平。」他搖搖頭,望向林先生。林先生因為職業習慣,早打量了這位中年男子。他戴著前方捲起的深綠色漁夫帽,穿著一件灰白色短袖,外面是一件藍格子短袖襯衫,身形頗壯碩,看起來像有健身

但不用兼顧外形的平凡父親。

「不用擔心，這種狗坐的汽車沒有安裝鏡頭，無人會以言入罪，我們根本沒有人理。」林先生不想回應他，看著窗外。隧道的橙黃燈光，一閃一閃的，反射在窗上，向後劃去。男子繼續徐徐說：「是敵唐寧城，就說敵唐寧城；是敵托邦二七四六年，就說敵托邦二七四六年。不要說甚麼狄唐寧城，甚麼狄紀元曆二七四六年。開玩笑。唐寧城出現的時候，姓狄的連影都未有。九唔搭八。」

巴士穿過隧道，之前因害怕廢氣而不敢打開窗的乘客，馬上不耐煩地推了幾下骯髒的玻璃窗，然而窗框生鏽，乘客花了好一會才成功推開。敞開窗戶後，敵唐寧城 —— 一座滿是高樓大廈的城市 —— 就在眼前。不知道是市區規劃混亂還是建築師隨心而建，這麼多的大廈好像是胡亂興建的，又好像是上帝往刺蝟身上插上一根又一根的刺般，錯綜複雜地填滿這城市，形成一個有機的生命體。

「姓狄的控制了衣食住行，說加價就加價，政府轉個頭又說要加稅。根本是官商勾結。他們知道我們在外面缺乏地熱裝置就不能生存，說是為我們好，要共建美好未來。但這是誰的美好未來？真沒見過人他媽的這麼貪婪。人民投訴又無用，請願又無用，出來抗議，他們又找人打斷你的手腳。啊，對不起，」中年男子頓了頓，「我好像在說我們。」

他摘下眼鏡，側過身來，伸出他那隻巨手。林先生反應過來，跟他握手。

「人們叫我梳爾上尉。」

「我姓林。」

「林先生 …… 聽起來你來自這裡？」

「我的祖先來自這裡。我沒來過，所以 ……」

「真是個混蛋。你回來收姓狄那些傢伙的錢，去打斷你自己人那些討厭的手腳嗎？」

The Treatise's Strings: Babelians

「為兩餐，有錢就做。」

「哼。」梳爾冷笑了一下，從他的黑色背包中拿出金屬酒瓶，向林先生示意。見林先生沒有反應，梳爾逕自喝了一口烈酒，呼一口長氣，空氣中瀰漫廉價的味道。他指著遠處最高的大樓說：「沒有了地熱能轉換裝置，不單只我們，連他們也活不長。哪天我有錢了，一定把它搞到手，到時候我就是皇帝！」

噪音和廢氣繼續籠罩，天色越來越昏暗，巴士漸漸駛往舊城區。

「我們還會見面嗎？我是橙色小隊的。」梳爾見林先生準備下車時問道。

「一定。」

他倆深深地握手道別。

巴士駛去，林先生隨手放下行李，袋內發出金屬碰撞的聲音。他從口袋裡拿出地圖，往城內走。之前遠處光鮮的摩天大樓建築群逐漸消失於視線中，取而代之的是舊城區外牆破落的樓宇、雜亂而且邋遢的街道，形成舉目不見盡頭的矮唐樓群——詩歌舞霓虹區。樓宇密密麻麻，用盡空間，致使空氣也比剛才巴士經過城郊時更混濁。

「老闆，收你八折？」路上的妓女嫵媚地問：「不然，我身邊這個也可以啊。」她側身示意，身旁的樓梯暗處走出一個穿著全身緊身膠衣的妓男，他身上廉價的膠皮革反射著粉紅色的霓虹燈光，見林先生對自己不感興趣，便沒趣又煩躁地走回去。

林先生跟著地圖走過幾個街口，途中他經過了一家「漢堡包店」。實際上這些店舖販賣的是一種果凍狀的壓縮食物，在以前還有太空工業的時代發明，只滿足最基本的營養所需，而毫無賣相可言。大戰之後，有人偷到果凍的配方，改裝原始的機器來量產，滿足窮困人們純粹的生存需要。牆上貼著一張餐單，好像提供很多選擇，但其實都是店員隨手混合一桶桶原材料造出來的「食物」。

餐單泛黃，邊角已經剝開，黏上了幾隻死蒼蠅。

路上還有一座戲院，上映著舊電影。電影工業在戰後也跟很多其他行業一同沒落，現在上映的都是已通過總統府審查的舊電影，不含任何不良意識。在敵唐寧城，何謂正面意識，何謂不良意識，標準都是隨心釐定的。

「進來吧。來，來，我替你提上去。原來有點重，不如還是你自己拿吧。哈哈，這邊。」

林先生的表叔殷勤地帶他上樓。牆身已剝落，樓梯的光管連著破舊外露的電線，不停閃爍。林先生看不太清楚梯級，小心翼翼地往上走了幾層，終於到達了單位。

「我本來不在這裡住的，不過最近老婆又罵我賭錢。男人賭好正常，那女人就是不能理解。我收拾好你的房間了，左邊，有窗的。好，你安頓下。」表叔向林先生微笑，又摩擦一下自己雙手。「你 …… 安頓下？」

林先生放下行李，拿出錢包，抽出五千元。

「不是五千，是八千。」

林先生冷酷地瞪著表叔。

「哎呀，一定是那女人說不清楚。常罵我賭錢，數學訓練來的。五千只是房租，但還有雜費，像倒垃圾費啊清潔費啊維修費啊。」門還未關，外面的光管猛地閃爍，對面的房間傳來淫穢的聲音。「不是經常這樣的，都是因為有人不交雜費，才沒有人管理，弄得這裡一塌糊塗！你說，有甚麼理由不交？大家講道理嘛。」

「五千。」林先生拿著鈔票。

「你不要令我難堪，大家一場表叔姪，雖然未見過面 ……」

「五千。」

「雜費好貴的 ……」

林先生默不作聲，遞上鈔票的手停留在半空。

表叔看了看他手上的鈔票，又看了看林先生比自己健碩得多的身形，慢慢收起虛偽的笑容，露出他真實的表情，一手接下鈔票

The Treatise's Strings: Babelians

說：「自己收拾，這裡無人招呼你的。」

「我找到房子就會搬。」

「那就最好，最好快點死。」說完便數著鈔票離開。

林先生對敵唐寧人習性早有所聞。似乎只要被生活壓迫，誰都可以變成六親不認，只認金錢的動物。假如有天自己犯了法，被懸賞通緝，他很清楚表叔會毫不猶豫地出賣他。可是他又有甚麼資格道德審判別人？假如易地而處，收到的命令是捉拿甚至殺害親人、族人，他一樣會盡忠職守。

可怕的不是發現自己有邪惡的想法，而是真的曾經實行過。他回憶起為何要離開一直生活的蒸汽城市，自我安慰地想：「我只是服從命令。命令來的，是命令 ……」

他走進房間，發現根本沒有人整理過牀鋪及雜物。敵唐寧城長期有廢氣濃霧，日夜溫差不小。他從行李拿出連帽棒球外套，穿在機車皮衣內，便出門了。

烏雲步步進逼，迫使房間的窗簾死寂地飄，飄著飄著直到又落得死寂之前，前方唐樓的霓虹燈光趁機透入，入鏡的滿是起行時揚起的塵埃。萬暗自有生命，凡是生命必有裂紋。不去打理，才別來無恙。

林先生買過漢堡，便往工作地點探路去。搜查局位於新城區內，他們說這是因為新城區較多「脆弱目標」，而且有重要的政府機關及關乎經濟命脈的產業區。林先生知道這是一派胡言。社會從來是不公平的，假如有人不這樣認為，只因他們受益，或者愚蠢得無藥可救。在敵唐寧城，罪案頻繁地發生於烏煙濁氣的舊城區，跟新城區比較，顯得相當誇張。一個舊城區地道的玩笑是：別忘了提早一小時求救。官方的執勤隊伍在舊城區從來都是荒怠和貪贓枉法的。當然，他們在新城區一樣貪腐，只是沒有那麼明目張膽，進而用「文明的制度」來取代。

林先生隸屬的組織是由富可敵國的狄氏集團資助，用意是在冗贅的傳統部隊外，聘請市場上的人手，包括僱傭兵，去提高內部

競爭、紓緩人手短缺問題，從而提升工作效率。雖然叫做搜查局，但由於是外判的隊伍，官方不須承擔責任、提供福利、替他們購買保險等等，也可以委派其去做最令市民反感的工作。必要時隨時解聘，將責任全部推到個別搜查隊員身上，而官方則沒有任何責任要負。這些林先生都知道。不是所有地方都可以容納他這種人，為了餬口，管不了那麼多。

從數字上看，成效很不錯，包括犯罪率、重犯率、警司警誡數目、兇殺案數量，統統有所降低。不過這些由官方大力宣揚的政績都騙不過行內人，他們只是將罪案嫁禍到無家者和吸毒者身上，又操弄統計及採樣方法。聘請來的僱傭兵，因為不全然受官方約束，也不是本地人，所以行事起來更是心狠手辣，踩盡灰色地帶。這份不仁歸根究柢是來自「專業態度」，僱傭兵比傳統部隊更甚，這只是一份工作。沒任何事情比完成任務、準時下班更重要，難道不是嗎？

想著想著，他一不留神，差點被絆倒。他回頭看，在冷清又濕漉漉的入夜長街上，面前是一個衣衫襤褸、蓬頭垢面的流浪漢，也就是被嫁禍的那種人。林先生走過去，替流浪漢拾起從紙杯內散落一地的硬幣。

流浪漢認真地打量林先生，接著看著他的臉，笑說：「歡迎。」

林先生一臉不解，繼續替他撿拾。

「歡迎你來到我的地方，歡迎。」他維持著倚靠街角的坐姿，拉著林先生的手：「你來了。」

「你認識我？」

「歡迎你來啊。」流浪漢慢慢收起笑容，「可是你怎麼還有臉來？」

「先生，我不明白你在說甚麼？」

流浪漢仍然抓住林先生的手，誠懇地說：「我靜悄悄地告訴你，剛剛還早，接著天空一格一格地暗下來，就天黑了。一格一格地，說天黑就天黑了。不奇怪嗎？」

「對不起，我認識你？」

「你姓林。」

林先生停下動作，茫然望向流浪漢。

「就是因為姓林的，這個世界才會變成這樣。是你，是你變節，將這個世界變成這樣，再沒有風，沒有小鳥在叫，鳥語花香啊、甚麼美好日子啊、風和日麗啊、一家人，沒有了 …… 是你將世界變成現在這樣的。」他開始喃喃自語。林先生想掙脫他的手，卻發現自己強而有力的臂膊，居然甩不開流浪漢骨瘦如柴的手。「從你走過來開始，我便看著你。我知道你會替我撿起來。我知道你會聽我說話。他們都以為我是瘋子，你不要信。我不是癲的。聽人說話，要有耐性。你慢慢會明白。一格一格那樣 …… 一格格，一格一格地 ……」

「他是瘋子，說自己是神啊上帝啊之類的後代，創造了這個世界。」回過神來，林先生見梳爾上尉用力關起儲物櫃，又發覺梳爾旁邊的一格是空的，便開始放自己的東西進去。「他在這區很有名的，抓住你的手，每個人都姓林。『你毀滅了世界！』」

林先生若有所思。

「拜託，你不會相信他吧？不過，說起來，好像之前有人提過他家族是維修電腦的。」

「是我告訴你的。」更衣室一隅有另一個隊員說：「還有，不是維修電腦，是用電腦分析大數據。戰前犯罪地圖局用的那些程式，不就是他們寫的嗎？」

又有隊員搭話：「誰知道？所謂的官方說法，就好像我們塞毒品進疑犯口袋 ……」

「閉嘴！」梳爾擲出手上的硬物，隊員見身後櫃門的凹痕而嚇壞了。「我可不管你塞甚麼進他媽的口袋，誰叫我晚下班，我就殺了誰。看看鐘，現在甚麼時候了？來，出發！」

周遭的聲音像隨著林先生沉思慢慢減弱。的而且確，他有聽過外公說戰前祖先的故事，可是年代久遠，而外公也總是說不清，大數據、世界末日之類，也是天方夜譚。跟所有祖父母說的傳說故事一樣，

越想說清楚，便發現越難說清楚，到後人有一天長大了想問清楚，已經無從問起了。

「你還好嗎？」梳爾一把拍在林先生肩上。林先生回過神來，勉強點點頭。「現在不是想佛偈的時候，我們要出動了，帶你熟悉一下敵唐寧城的心臟地帶。」

世界上個別城市依靠僅有的地熱能轉換裝置，才能延續文明。因此，敵唐寧城作為其中一個蒸汽機械都會，它的運作核心也是使用這裝置。只要地球內核仍維持高溫，即使漫天污雲，人類還是可以生存。敵唐寧城坐擁世界上最多摩天大廈，耗費和浪費的電量驚人，所以不得不在減少能源消耗上花最多的功夫，才能支撐社會運行。搜查隊雖然顧名思義須負責搜索和調查的一般工作，但依然要熟悉地熱能轉換裝置和整套裝置的保安系統，以備不時之需。由於僱傭兵始終不是親兵，這類保安工作平時則由官方的部隊負責。

上流社會都住在半山及大廈高層，霓虹異光，夜景璀璨，運行機組就在其地下，直接為其供偈；相反，因科技所限，傳統蒸汽發電產生嚴重水、光、空氣等等的污染，而管道無法延伸至太遠，排廢機組多設於舊城區，亦有一些排氣口設於新城區的底層，即底城區，行政上也視之為舊城區一部分。

以官方的說法，這是兩全其美的方法，因為舊城區本來就缺乏基建系統，現在可以靠新城區五光十色的霓虹燈光照明，還可以透過排氣口控制溫度和濕度。這是顯而易見的荒謬說辭，不過敵唐寧城的知識分子卻做了說項人。他們不知道，即使有高貴的學位、地位和官方頒發的專業證書，假如只迷信技術「實活」，缺乏信仰、涵養和文史哲知識，依靠各種不犯法卻不道德的工作生財，日子還是會浮躁迷失且腐朽放蕩。布爾喬亞式腐臭是要由後人承受的，前人砍樹，後人自然受風吹雨打。逆來順受，求仁得仁，轉眼間一切已成定局。

唐寧城犯罪地圖局
Downing City Crime Mapping Agency
(DCCMA)

哲學家維根斯坦曾經設想，有一個上帝在曠野瞬間創造出了一個國家，它只會存在兩分鐘，而且精確地複製了英格蘭。難道可以不去想像這兩分鐘的過去和延伸嗎？

　　如果我不曾望上鏡面天花，就不會產生那凝望自己的鏡像，我也不會有以上的想法。沒有以上想法的我，或者空有以上思考的我，就這樣無中生有，被上帝造出來。那一個我，跟現在這個望著天花的我，到底會不會有分別？「我」們會不會有不同的人生選擇？世界的軌跡和終端又會有所改變嗎？

　　「你知不知道我剛才和朋友一起看的那部電影呢，那個結局，不知道應該怎樣說。」

　　「好吧，你可以說。嗯 …… 等一等，還是不要說了。」

　　「如果你知道了，覺得拍得差，不就不用浪費時間去看嗎？」

　　「預不預先知道有分別嗎？知道了，也改不了劇情。我們又不是編劇。」

　　「都可以討論下觀影體驗嘛。」

　　「討論沒用，又改變不了。不管怎樣，反正最後我一定會知道的。」

　　「為甚麼？」

　　「你有點耐性先。」

　　酒店坐落於安靜的平民區，偌大的玻璃窗外能看見城市夜景。內設的餐廳室內空間感很強，樓底很高，鏡面天花上錯落而得體地垂掛了一束束巨型水晶燈飾。我往上望，看到一個很小的自己。看著鏡裡面的自己，整理新買的棉造方頭窄領帶，便見鏡裡面的我一同整理，彷彿我們是兩個相連的生命體。不過，我想到那其實是反射，鏡內的影像是有滯後的，只是那滯後的時間非常非常少，少到不能被察覺。因此，那或許不是時間課題，而是因果課題，可能不是「我打領帶，鏡裡面的我接近『一同』地打領帶」，而是「『因為』我在打領帶，『所以』鏡裡面的我在非常非常接近的將來打領帶」。那麼我能否視這兩個「我」為同一個人？天啊，我到底在想

The Treatise's Strings: Babelians

甚麼，到底謝西嘉甚麼時候會到，使我不用繼續胡思亂想來打發時間？

幾張桌子外，坐在落地玻璃窗前吧枱的那兩個女士，仍在你來我往地談論透露劇情的事，說著說著有個男士到場，撫其中一位女士的腰，親她臉頰，之後從西裝內袋拿出兩張電影票。坐在角落的我，眼前是一盞柔和的瓷燈，即是那種散發微黃中帶點微橙燈光的瓷器工藝品。兩旁的幾張空桌子也各擺放一盞，手工上有些少不同，似乎都是人手造的。雖說有點浪費能源，但我又覺得不是壞事。有時候事情不一定要根據最有效率的方法去做。無用之用，文藝哲思，方是國族之本。最重要的是品牌背後的人文故事，使人肯花錢購買，便是商機。我又在想甚麼了，到底謝西嘉甚麼時候才會到？

「先生，你點的頂級安格斯牛肉漢堡，配黑松露醬自家厚切薯條，因為剛炸好，要小心熱燙。小姐，你點的凱撒沙律，配剛出爐的蒜蓉法包、蘇玳葡萄酒。這是甜酒，好適合女士喝，聞起來有蜂蜜和茉莉花味，喝完一口可以感受一下餘韻，會散發一點點的果仁味。至於先生，你需不需要點一杯紅酒？好的，沒有問題。你們有需要再告訴我，兩位請慢用。」

我開始享用安格斯牛肉漢堡。麵包的外皮灑上了芝麻，一刀切下，外皮沿刀鋒「咔嚓」地碎開，裡面是鬆軟的，明顯不是快餐店那種量產的貨色，說不定是餐廳自己烘焙的麵包。刀鋒往下，切到燒得焦香的安格斯牛肉上，融化了的芝士往切口滲入去，蒸氣往上升，佔據了我眼鏡的鏡片一、兩秒。希望氣味不要沾到我那修剪得爽利入時的頭髮上，我不喜歡身上有油煙味。牛肉內仍有血色。我把半份漢堡放進口裡，牛肉味道極濃，配合香滑的法蘭西特產芝士、新鮮的本地生菜和番茄，在嘴巴內上演五重奏，此曲只應天上有，人間能得幾回聞？

「先生，我替你放好外套？」我點點頭。侍應翻開手上的衣服防塵套，小心翼翼地套在我那件經典新英格蘭樣式的米色雙排鈕扣

風衣外，並掛到後面的衣服架上。我在用餐的同時，假裝不為意地觀察著。不是我想為難他，而是這風衣可能等於他數個月的工資。假若他的手沒洗乾淨，或者害風衣有損，我不確定他是否賠得起，畢竟他年紀尚輕，跟我相若。

「最近 DCCMA 的工作怎樣？」美麗的謝西嘉若無其事、有儀態地吃沙律。她端莊地放那束上絲巾的焦糖色手袋於桌上。談論電影的那兩位女士自她到場便竊竊私語。我知道那是今季限量訂製版的名貴手袋，用上罕見的鱷魚皮，由具豐富經驗的皮具師傅花上半年時間一對一專職製作。若不是尊貴會員，即使輪候幾年也未必有機會買到。我已經聽店員說了很多次，是因為謝西嘉每季都會買幾個這種手袋，換季便擱在衣帽間，不會重用，否則怕招人閒話。

深褐色的意大利工匠製眼鏡合適地架在我的鼻樑上。我托了托，回答說：「沒甚麼特別，工作而已。」

她很明顯只是隨口問問。「這些沙律菜好像不太新鮮，你的呢？」

「嗯，好像還好。」

「DCCMA 雖說是大學機構，但是由政府出錢，根據公務員薪酬指標聘用，薪高糧準，說不定你將來好好做，做到局長，還可以一步一步升上去做高官。幸好我叔叔介紹了那個猶太人教授幫你寫推薦信，否則當初都未必成事。當然，親愛的，我從來沒有懷疑你的學歷和能力。」

「嗯。」

「你有沒有跟人家說多謝？」

「沒有啊，最近沒怎麼聯絡了。」

「你要多跟他們交際，我叫叔叔約你們打橋牌？還是 …… 難道那個猶太人還在介意？那不是我們的責任，是管理層開會集體決定的。對，說是閉門會議，『漆咸樓守則』，但拜託，不要當人是笨蛋好嗎？在場的人討論之後，都會知道其他人的立場，知道他們會怎樣投票啊。反對，不就是政治自殺、放棄大好前途嗎？我

The Treatise's Strings: Babelians

可不想我的未婚夫做全個新英格蘭最蠢的人。

　　而且，局方的決定一定是對社會好的，如果有人本身有這種犯法的傾向，那很有可能會對我們造成危險。不是說要未審先判，但他們也要真的在現實或者虛擬的空間，出現在『罪惡範圍』，才會被捕。這不是很科學，很公平嗎？就算我沒有投票權，我也不會反對。我不明白為甚麼要抗議，為甚麼要在自己改變不了的事情上執著，為甚麼要對社會有這麼多怨氣？不如把時間花在生涯規劃上，好好打理自己的人生先再說吧。」

　　一餐下來，她不停說著，但我只想專注吃漢堡。

　　「我送你回去？」

　　「不用，我司機快到了。啊，我的車就在那邊。你去哪裡？」她低頭用著智能手機問。

　　「我想先回去地圖局，完成手頭上的工作……」

　　她沒有聽我說話。司機已開到面前，她說：「還有，我有個姨姨，她的兒子在找實習機會，我剛剛傳了他的簡歷和求職信給你，你替他修改好，接著安排個職位給他吧。」

　　「哦。韋特那一組好像在收實習生。」

　　「韋特那一組太技術性了，他未必做得來。去另一組，彼得那一組吧，他們的工作比較有趣。反正他將來會繼承家族生意，這也只是為了履歷，沒甚麼所謂。你改好他的簡歷和求職信之後，順道寫好推薦信，他下星期申請外國交流計劃要用到。記得強調一下他外語和領袖才能。我知道你們沒見過很多次，但姨姨跟我們是世交，我們集團很多合作。而且她對我倆也很好啊，還稱讚你聽話又長得帥氣。」她整理我的米色風衣領口說：「下星期我叫管家替你拿去乾洗。親愛的，別工作到太晚。週末見。」她親了親我，便上車離去了。

　　管家？我看不單是個傭人，更是庸人，只期望他不要連這麼小的事情也做不好。我目送她的車子離開後，便走去停車場。途中經過繁華的商業區。雖則新英格蘭有些地方比較舊，但再崩壞

的地區，市面整體上還是安全的，很少有流浪漢或者奇怪的人出沒。這要歸功於市政清潔部門，把奇怪的人趕走。我路過快餐店，看到正在推廣新推出的漢堡，價錢只是我剛在酒店吃的十分之一……還是十五分之一？我沒怎麼注意當時餐牌上的價錢。

我又路過一間雜貨鋪，內裡販賣著一些過時和粗糙的玩具，有一個穿著背心，只得幾歲的小孩拿著貨架上的水槍，看著掌心不夠用的硬幣，猶豫不決。我應該替他付賬嗎？不了，他不夠錢，是他的問題，也是他家的問題。而且有了不夠錢的經驗，他才會用功讀書，知道長大後要努力賺錢。這世界沒有不勞而獲的事，我們必須遵守資本主義的遊戲規則，不幫他，才是幫他。況且我身上只有一疊一百鎊鈔票和信用卡。

一直走到我的鮮紅色開篷跑車前，才發現不知道甚麼時候上面多了幾條小刮痕。錢不是問題，要花時間開去專門維修中心才是問題。我暫且不管，踏下油門，開車回地圖局去。

新英格蘭唐寧城犯罪地圖局處於古英格蘭大學內。古英格蘭大學是世界上首屈一指的高等學府，已經有上千年歷史。我想這跟新英格蘭的國力有關係，畢竟這家大學在國際上有舉足輕重的地位，出過大文豪、哲學家、藝術家、戰時首相等等偉大的校友。雪球一直滾動，看來還會隨著人類文明累積下去。

我的車駛進校區，來到我工作的地方，大閘上寫著「唐寧城犯罪地圖局」。特別的是雖然稱之為「局」，但我們架構上不像其他公共部門，而是屬於大學的。學術自由之類，從來只是一個體面的理性外殼。不是我不相信制度，而是我們都須要知道遊戲規則，才可以在制度內成功。沒有官方的支持，我們根本不可能有足夠的數據和資源去進行我們的項目，也就無法得到更多的撥款。沒有撥款，就沒有教席；沒有教席，我還能做甚麼呢？說到最後，大學能否營運還是取決於資金多寡。當然，校長出外籌款總會提到知識的力量，學問的追求，那些人類崇高的理想和目標；可是一踏入校門，就要清楚「搞研究」跟「做學問」是兩回事，學術工作者們的不快

The Treatise's Strings: Babelians

大多源自於此。搞清楚了，便豁然開朗。

誰付賬，誰就有控制權。這是很簡單的邏輯，分別只是出資者決定何時介入、何時抽離。某程度上是指望別人仁慈。至於地圖局的「獨立管理委員會」，還有冗長的憲章到底多有用，能否制衡權貴？我們心裡很清楚：任何由人把關的制度都可輕易崩塌。我們都會在會議上很認真地討論，也告訴自己，我們跟外面那些沒有識見、沒有禮貌的平民是不同的。

局方的辦公大樓是一座古建築，大概就是新古典貴族城堡的模樣。車子泊在大閘外，我拍職員卡進入。中庭大概有兩個標準足球場這麼大，正對面是主樓，前方有三段草坪，只有一段是路人皆可進內，可否進入其餘兩段則按職級而定。草坪兩旁是對稱的建築，用米白色大理石建成，一直延伸到主樓的位置。新古典樣式的標誌性特色是典雅大體，沒有多餘的裝飾，以巨石柱、希臘神殿、重重門關等營造氣派。就跟人生閱歷一樣，活得久，爬得高，才能踏足越多草坪和建築物。

此時我正當地踏過所有草坪，走到主樓，如聖堂一樣的空間就是我們的大堂。自動大門敞開，一個高高瘦瘦，樣貌略為平庸，身穿實驗室白袍，袍內衣著樸實的男子走了過來。胸上掛著「Dr. Retirw」的職員卡，他的眼鏡其中一邊鏡腿斷了，用膠帶黏住。韋特向我打完招呼，便繼續向身後的年青人介紹：

「歡迎大家參加今次夜行活動，畢竟晚上、罪惡、兇殺案⋯⋯嗯，大家可以想像，犯罪學家在晚上查案的模樣。大家身處的這座法定古蹟就是犯罪地圖局的辦公大樓。我知道你們當中很多是高中生，有興趣在上大學時修讀犯罪學，甚至畢業後來犯罪地圖局工作，畢竟我們是官方重點科研項目，用相當優厚的條件優待人才。」這十幾個年輕人聽畢眼前一亮，不用說，這是他們此行的目的。

「我見到你們，年輕又好看，朝氣蓬勃，像我們從事的工作一樣，令人很振奮。我會先介紹一下唐寧城犯罪地圖局的行政架構，

以及我們的日常工作。我們全名是新英格蘭唐寧城犯罪地圖局，簡稱 DCCMA，是官方藍天計劃的其中一個主要項目所衍生出來的機構，中心就設於古英格蘭大學這裡。大家都知道，藍天計劃是高級研究計劃署的成果。推動藍天計劃，是因為我們的政府希望在全球科技發展中取得劃時代的優勢，於是斥了巨資約一百億鎊去推動。

藍天計劃主要想應付世界上最重要的問題，包括空氣質素、民主、罪惡等等。成功的話不但全人類可以受惠，而且擁有這些技術的新英格蘭也可以成為世界強國。不過，大家都會有一個疑問：這些困擾人類的大問題，怎會一直無人解決？答案是因為它們都很複雜，超越了一般人的能力範圍。大部分高級研究計劃署的計劃都是高風險的，沒人知道何時有回報，甚至不知道有沒有回報；可是一旦成功，回報也是難以估量地巨大。這就是創新投資的本質。

雖然主力人員是來自古英格蘭大學，不過錢是由政府出的，他們亦透過加入獨立管理委員會參與局方的管理工作。因此，不管是在嘗試公私混營的警務上，還是在結合人文及科學的創新科技上，我們都在創造歷史。

我們的犯罪學家會使用先進科技和專業技巧，分析城市各區的犯罪分佈與趨勢。犯罪地圖，就是我們的核心技術。類似的技術很早已經出現，用來分析犯罪狀況，擬定人員和資源部署。後來，出現突破性發展，就是建基於我們古英格蘭大學的一位學者所創，名為『正統遊戲』的理論。」

他瞄了我一下，又繼續說：「這個理論不是以傳統的角色去看犯罪，而是從當事人身處的環境和動機，去分析對他來說何謂對錯，以及由他的角度出發，理解社會上不同人士又會對其他人的行為作出甚麼判斷，如此類推。這些不同人士扮演的角色、他們信奉的規則，在當事人眼中一直演變，連帶影響他的世界觀；掌握得到，就可以了解他的一舉一動。學界普遍認為，這位學者的研究不論在唐寧城，還是在實證方法學上，都對犯罪學、行為心理學、

社會學、政治哲學等等領域作出了重大貢獻，影響深遠。後來有比他稍為英俊一點的研究人員進一步發現，」韋特一臉神氣地昂首挺胸，整理白袍，點了一下身旁的屏幕。大堂中間投射出立體模型，顯示了一個極為複雜、以綠色激光線連接著成千上萬個節點的巨型蜘蛛網影像。

「只要配合大數據及人工智能，我們可以收集每一個市民的行為數據，妥當地儲存分類，之後細緻分析，得出他們各自的數值，建立一個遊戲模型。之後再利用蒙地卡羅演算方法，我們的團隊——其實主要是我本人——成功建立了一個極為複雜，可是相當可靠的電腦模型，以及編寫了負責調整和增修系統的人工智能程式。簡單來說，我們可以利用過往的數字，去告訴人工智慧一個相當接近現實情況的狀態，之後由它用強大的演算能力，去分析所有現存數據。只要我們不斷完善這個模擬現實社會運行的電腦模型，以及持續更新忠於社會變化的一組組參數值，就可以推算出未來發生的罪案，再根據罪行的嚴重性，好好編排人員及資源使用。聽到這裡，或許有人會認為可以『以惡小而為之』，那你就錯了。人工智能可以派出無人機去處理比較簡單的工作，包括罰款、記錄證據等等。即使實際上不可能同時監測和預測所有人的行為，我們還是可以根據背景、年齡、性別、種族、社會階層而做加權抽樣檢查。

沒有人會想挑戰這個系統的，因為你存在過，產生過行為數據，或許它早就知道了你的想法——甚至不用鑽進你的腦袋。你想得到的，它統統預計過。

我們利用了過去五十年在全世界不同城市的數據，發現一直以來的方向是正確的。利用剛才提到的技術，可以準確預測人們的犯罪傾向，從而預防罪惡，而局方亦會提早通知部隊準備拘捕。暫時我們預測得到的時間段不是無限長的，只可以去到一個星期左右。隨著納米技術成熟起來，這個數字只會越來越理想。對於複雜一點的案件，我們可推算的將來可能會縮短至兩、三日，甚至更短。你們記得轟動一時的人皮玩偶案嗎？那犯人是一個國際政商界人物，

人際關係千絲萬縷，我們只能在半日前推算出來，使行動有點倉卒。

為了避免未審先判，甚至『未做先判』，當事人必須出現在案發地點的一米範圍內以及案發時間兩分鐘內 —— 即是『罪惡範圍』以內。這時候當事人的行為會被視為『有充分證據顯示有意圖犯罪』。在網絡世界，罪惡範圍則是指十個單獨指令 —— 包括按鍵或者其他行為，以及兩分鐘內，以較快者為準。當然，到時候他們會發現執法部隊早已在家門前，或者早就站在他們身後。之後局方會重塑所有犯罪細節、模擬資料和模型參數，我們也會負責後續一連串上庭和判刑的工作。由於需要有專門知識，法官也是我們的舊同事。我真的很替罪犯感到難過，可是同時我很高興告訴你們，我們的定罪率，幾乎是百分之百。」

韋特自豪地說：「或許聽起來有點自大 —— 我們不是上帝，但我們是替祂擲骰子的人。」

「剛才是否說得有點過分了？」我在辦公室邊處理文件邊說。韋特剛完成了導賞工作，拿著咖啡過來找我閒聊，看來他又準備通宵工作了。

「我可不管你是那些無藥可救的自由主義人士，還是博愛的斯多葛主義者。我不關心。總之站在剛才那些女孩子面前，我就一定要成為今晚最酷的男人。」

「放過她們吧，她們只是一群學生。」

「誰知道？或許她們上大學之後發現需要學業輔導，或者想找一份研究工作，又或者想直接進來工作，又或者 …… 失戀了。嘿，到時候，她們就會想起我。」

「哈哈。」

「別忘了，這一切都是因為你才會出現的。是因為你啊。沒有你的理論，我們的項目根本不會成功。沒有你 —— 看看我這鬼樣子，再看看你這年青有為、好看的模樣—— 我們也根本不可能把計劃成功推銷給高級研究計劃署，更不可能成功遊說獨立管理委員會，將計劃成功連線，付諸實行。你才是大腦，同時是拇指。記得

The Treatise's Strings: Babelians

計劃通過的那個晚上嗎？我們在終端機房，是你按下按鈕，我們看著系統一格格、一格格地上載，這個計劃才正式誕生，變成現實的。」

「你剛才可不是這樣說的。」

「噢，老朋友，我充其量只是你謙卑的僕人。你不會介意的。你也已訂婚了，不會介意少幾個對象吧？對，我們也必須多謝你未婚妻家族的支持。那些直通首都的政商網路，那些非比尋常的推薦，平常一輩子都不可能得到。早知道，我以前也應該多交際，多出席工商管理系的聚會。」

「你剛才簡介時，好像忘了提及私隱及人權保障方面的問題？」

「好吧，你想我說甚麼，我就說甚麼；你想我怎樣做，我就怎樣做。說真的，誰管那些鬼東西？只要這個技術有效，我們成功減少人們生活的煩惱，不就可以了嗎？大家都很滿意。別忘了，我們有這麼吸引的薪水，可以搞研究，又可以出風頭，哪裡找得到這麼理想的工作？誰管那些甚麼人權之類的破東西？這只是一份工作，所謂倫理、道德、程序，大家都很清楚只是一堆文件。我們讀了這麼多書，知道怎樣『聰明』地填寫文件，這只是例行公事。別誤會，我沒有害人、幫人之類的想法，而且我們也大可以說，自己是為人類無私地努力貢獻啊。最重要是有資金，有糧出 ……」

從事犯罪學工作多年，我很了解社會結構，以及人們的行為、生活模式。正常的唐寧人是不會跟錢作對的。只要有錢，一切都可以很順利。我想我的生活很順利，也會一直順利下去——如無意外的話。

我送走韋特之後繼續工作，周圍的同事大多下班了。我不太想辦公室被看得一清二楚，於是只在漆黑中，打開了古董書桌上那枝老枱燈。那是從開羅買回來的，燈罩是翡翠綠色的，燈座是古銅色的。有時我鍾情於在夜裡無人時，只打開這枝枱燈，倒一杯威士忌，一個人靜靜思考。

「老師、老師？時候不早了！」

我睜開眼睛，見助理進來了微亮的房間中。

「你……?」我戴上眼鏡。

她說：「沒事，我經過這裡以為你忘了關燈。」

「還有些工作未完成。你呢？還未下班？」

「哦，我打算回家了。他們說又有地磁風暴，即是又發生了他們不想人知道的事。」

「全棟大樓只有你相信這些陰謀論。快回去吧，加班沒有補貼的，你升職前的工資應該不包括這麼多工作。」

她苦笑，又好像突然想起了甚麼，放下公事包並拿開了我文件架最上面的外語報紙，然後向我遞來下面的一個公文袋，說：「這上面印了『急件』，可能你要先花點時間處理。」說罷便禮貌地微笑道別，關上辦公室的門。

我打開有點重量的公文袋，上面沒有標註寄件人和收件地址，這樣表示信件是親自送來的。如翻看閉路電視，不就很容易找到他嗎？但我想了想，如果不想被人知道身份，應該會花點錢隨便找個學生幫忙放進信箱，翻看錄影也沒甚麼用。

公文袋裡面有用膠帶包裹，剪開後還有另一個膠套保護著文件。那是幾份殘破的古稿。我嘗試閱讀，但它寫得有點複雜，又有點像翻譯過來的文字，總之就很難懂，似乎是某種政治哲學文章。我讀了讀，它的句子跟句子之間欠缺嚴謹的邏輯，像上個年代的文句，用上很多藝術手法和隱喻。我不明所以地讀著，發現時間已經不早，我要把車開走，否則校園保安又會找我麻煩，要進行一大堆登記程序。

我將文件放入手提公事包後便開車回家。我一個人住在市中心金融區的服務式公寓，雖然謝西嘉說婚後我們便搬去她的別墅，但我倒沒甚麼所謂。

我回家後順便整理了我的鞋櫃，才沐浴更衣。走出客廳後打開電視，把毛巾搭在肩上，倒了一杯凍水，喝了一大口，放到玻璃茶几上。電視正報導地磁風暴消息，這令我想起我的助理和一班以前實地考

察時遇到的、疑神疑鬼的陰謀論者。我拿出剛才收到的古稿,開始懷疑這會不會是那本盛傳曾經被禁止傳閱,後來還佚失的論述手稿?

「現在是一則天氣預測。氣象部門發出黑色地磁風暴訊號,連續三年的突發災害警告等級維持不變,表示午夜至清晨六點這段時間,除經批准的必要及緊急工作團體之外,全個新英格蘭——包括離島及海外自治區——實施宵禁。根據消息,午夜時分會有地磁風暴由英吉利海峽慢慢靠近新英格蘭的沿海地帶;在凌晨兩點,整個新英格蘭都會受到影響。被地磁風暴覆蓋的位置,電子產品會受到嚴重干擾甚至失靈,通訊及電力供應可能會出現異常、延誤或者中斷的情況,供電系統亦有可能因為高壓電纜故障而不勝負荷,因而短路甚至爆炸,引起火警。政府提醒市民,為保障自己和其他人的安全,切勿外出。根據法例,違反突發災害法,有可能被判即時監禁六個月。市民切勿以身試法。」我無意識地看看屏幕像素似有干擾的電視,再看看手上的古稿。

此時有人在外面用力拍門。

二

龍寨文物
Bazaar & Co.

泥塵飄過，沙漠城市內槍聲忽遠忽近，此起彼落。

「求求你，不要！」眼前女子雙手合十，跪著哀求道：「求求你。」槍聲一響，她倒下，眼睛仍睜開著。

「我叫你不要衝動，你看你又做了甚麼？」

武裝分子把手槍收到腰間，反駁：「你有甚麼毛病？」

他的司令嚴斥：「該死的，我叫了你一百次，不要衝動！你看你又做了甚麼？站遠一點才開槍！你知道這些該死的血漬有多難洗嗎？有這麼難懂嗎？」他的手下豎起中指逕自走開。

「他媽的蠢驢！」司令頭也不回，隨手舉起槍，在他幾米之外，本來下跪著的青年還來不及開口求饒便應聲倒下。他拿出一塊灰布，抹著手槍上的沙塵，走近林先生說：「你有沒有聽說過你祖先那些愚蠢的傳說？古米歇爾人 —— 可以在沙漠發展出文明的民族 —— 他們認為風會慢慢捲走人類的靈魂、原罪，那些不知道在說甚麼的鬼東西。你看看我們四周 ——」

沙漠城市內只有幾棵粗生的植物。除了他們部隊身處的一塊空地和附近六、七所沙土造的房子外，其他地方都空無一人。若不是難得有風吹過，根本不會感到這裡有任何生氣可言。

「像不像會有那些該死的鬼東西出現？聽著，早晚你都要這樣做。對，他們總會跟看起來像來自同樣地方的人說你們是同一種人，有血的連繫，諸如此類的。那麼誰來負責我們的生計？是他們嗎？還不是我們自己每天揹著二十公斤裝備，專門負責做其他人不屑去做的工作？到最後還要我們去替他們打點那些混帳的政治，去理甚麼種族、基因的問題？誰在乎？誰在乎！」

林先生撫摸未見皺紋的臉，往下摸一摸剃得乾淨的下巴，再往上撥撥他的軍裝短髮。時間好像過得很慢，可是他沒有太多思考的餘地。司令把抹好的手槍遞給他，槍柄朝向林先生。這時候林先生的視線才好好對焦，望見眼前跪著，不斷求饒的中年男人。他邊喘氣邊顫抖著，緩緩抬頭，往上望著林先生。有那麼一瞬間，看起來是同族的他們眼神相接，好像有某種連繫。男子的目光中閃過

希望，接下來便是憤恨。

「第一次總是最難的。你很快會習慣。」司令拍拍林先生的肩膀，走向載兵軍車。

林先生的手在震。慢慢將手槍指向中年男人。

軍車起動了引擎，司令看著倒後鏡，一秒、兩秒、三秒……槍聲劃破短暫的平靜。接著林先生也走向軍車，他背後的其他士兵用步槍上的刺刀檢查倒地的人們，有時再補刺一刀，之後拿出名單點算。林先生坐上軍車的後座——那好像運送牲畜的載貨空間。他把手槍遞出車窗還給司令，尾隨的幾個士兵面無表情地魚貫上車。軍車離開空地。附近六、七所房子，十餘所房子，三十餘所房子，幾個街區，同樣的事情還未結束。有房子起火，畫面內分不清濃煙和硝煙，總之越來越多。槍聲仍然此起彼落，忽遠忽近，有時彷彿就在耳邊——

有時，彷彿，就在耳邊，

就在耳邊。大啤酒杯「嘭」一聲，被酒保用力放到坐在吧枱的林先生左邊，濺出了不少啤酒。長了一頭凌亂長卷髮、一臉鬍渣和歲月痕跡的林先生直視他，酒保滿不在乎地回望了一下，好像告訴林先生：地下酒吧就是這樣，想要高級服務的話就滾蛋。酒保有一個大肚腩，可是底下更多的是肌肉，黑色皮背心下是一件粗糙地剪了袖的破上衣。他用繡滿刺青的肥碩手臂擦乾酒杯後便不耐煩地幹活去。

林先生今晚睡不著，在詩歌舞霓虹區內的地下酒吧消磨時間。像他這樣的人，不但不能負擔其他區域的酒吧賬單，而且會因身份及衣著被拒進入。他能進的只有地下酒吧，好些沒有官方的賣酒許可。林先生沒興趣知道這裡是不是無牌經營，他口袋內的錢只足夠在這裡點兩杯啤酒，或者可以多吃點任添的花生，省點明早的早餐錢；要記住不能喝太多，否則這星期他只能每天吃漢堡那些頹廢的食物了。他喝一口啤酒，望望前面吧枱後，草草貼在牆上的韋特大樓海報。

即使有陰暗面，敵唐寧城還是有富豪支撐，整體相對其他城市發達，新城區內更是有著各種奢侈的娛樂。林先生執勤時曾去過全世界最高的韋特大樓，被遠在邊陲的火車站也能隱約見到的巨大「RETIRW」霓虹燈字樣刺痛雙眼。當然，以林先生的身份，正常情況下他是不可能被允許進入高層區的。

只要進入大樓，便已經感到跟外面的不同。大樓內的空氣比外面清新得多，完全沒有被美稱為「煙霞」的污染毒霧，地上和櫥窗都打掃得一塵不染。大樓低層是巨型購物商場，因為樓底高，這裡的十多層已等於普通樓宇的三十多層高，商場內通道都經過特別設計，兩旁是不同品牌的商品，琳瑯滿目，盡是林先生沒怎麼見過的。人們說戰前更為繁華，林先生真的不敢想像。

林先生一行人經過大樓玻璃外牆前，對面的舊樓礙於沒有資源，數十年間一直標示「快將」清拆。林先生看著一街之隔的舊樓。它這不修邊幅又用盡面積的巨型長方體，像一塊劏開了的肥厚爛豬肉，裡面住了好多人。這棟舊樓在市中心，明明地理位置不錯，上班方便，住在這裡應該算是中產了。不過這裡日久失修，生活條件欠佳，水電因需求大而似有還無，清拆消息又只聞樓梯響，因此房東便肆無忌憚把單位分隔成簡陋的小房間，以及更多和更小的房間。根據人們的說法，這能更有效地運用土地資源。真是令人感到噁心的屁話。可是只要做這種事的人夠多，便沒有人敢反對。沒有人會指著這些醜惡的臉孔直斥其非，沒有親友會直接辱罵他們和與之斷絕關係。好像只要有錢，便無壞事；唯一的壞事就是沒有錢。其他的事得過且過，巧立名目，充撐門面就可以了，連花點時間撒個合理一點的謊去瞞騙大家、瞞騙身邊的人、瞞騙自己，也懶得去做。壞事繼續存在，壞人輕鬆自在。林先生心想，這些敵唐寧人比自己還要糟糕，他可高攀不起。

難得的月亮映照窗外頹唐，不及玻璃外牆反射的浮華燈光，卻有種今生不再、末世與盛世交錯的大都會感。此時此境，他生他世，怎麼可設想？

The Treatise's Strings: Babelians

　　這又令他想起，自從離開長大的地方，到處漂泊的這些年間，他高攀不起的還有曾經出現在身邊的重要的人。酒吧內本來播放著的流行音樂停止，燈光逐漸變暗。林先生面對著吧枱坐，前面是用一枝枝交錯的藍色與粉紅色霓虹光管裝飾的架，架上放有一列列的酒。林先生稍稍轉過頭來，見酒保用拇指指向他身後的小舞台。

　　一個年青的女歌手走上台，她身穿著紅色吊帶裙，應該是購自她僅僅負擔得起的中價時裝店。由於現場酒客不多，她也不會收得有多貴。她得感謝臉上跟年齡不相稱的濃妝豔抹，鎂光燈下五官分明，有點在舊時代大歌舞廳演唱的架勢。職員從唱片架上挑了一張舊黑膠碟，放到唱片機上。音樂徐徐播放，即使地下酒吧裝潢簡陋破爛，也好像被整個氛圍帶動著，時空交錯，回到了戰前夜都的美好年代。唱盤上的黑膠碟緩緩轉動，內圈印上的歌單第一首歌叫《草煙》，歌手開始歌唱：

　　　　良月又無聲
　　　　榕樹又無影
　　　　離別又回應
　　　　撲火般灼醒
　　　　繁鬧中聚散　　忘掉舊夢歸程
　　　　納吐嘴中煙　　待她終有日應

　　　　情景　　如像當天的你灰暗
　　　　如像當天的我消沉
　　　　如像街角提琴　　從末處響
　　　　餘音　　如像憂傷的海洗浸
　　　　如像憂傷的雪消沉
　　　　迎面一切幻象　　已未銘心

　　　　情景　　如像今天的我灰暗
　　　　如像今天的你消沉

如像街角提琴　從沒處響
餘音　如像憂傷的雪洗浸
如像憂傷的海消沉
迎面一切幻象　已未銘心
如像超脫逆弦　仍難自禁

　　林先生聽著聽著，雙眼失焦卻盯著歌手。幾曲唱罷，他招來酒
保，說了幾句話。

　　酒保聽罷點點頭，提醒說：「她不幹那種勾當。」

　　不消一會，歌手走過來。她已經卸了妝，大方但有點尷尬地朝
林先生微笑。林先生朝酒保搖晃一下酒杯，把身上僅餘的一堆雜亂
的硬幣和紙鈔拿出來付賬。她說：「啤酒。」酒保會意，按下啤酒
桶的出酒口，把酒遞給她。

　　「謝謝你請客。不過，為免誤會，我只唱歌。」

　　林先生失焦地看著前方，手指在酒杯邊上打轉。

　　「路過？看你不像是會來這裡旅遊的人，也不像喜歡旅遊。」

　　林先生不發一言。

　　「很好，很好。」她說。她從後台出來前換了衣服，穿著一件
有圖案的灰色洗水短袖上衣和一條緊身牛仔褲，比剛才平和、順眼
得多。在林先生旁邊，她感到有點不自在，又喝了口啤酒。

　　「你不是本地人。」林先生終於開口說話。

　　「為甚麼這麼說？」

　　「你的上衣，上面寫著。」她的上衣是公路旁紀念品店賣的那
種便宜貨。

　　她咧嘴笑了笑，咬了咬唇，嘆了口氣說：「不是經常會聽到，
一個小女孩滿懷理想，想去大城市追夢那種老掉牙的故事嗎？」

　　林先生望望她。

　　「嘿，然後，」她聳聳肩。「就這樣了。結果找不到工作，帶著
的一點錢被房東騙去，又負擔不起學費，只找到便利店的兼職。好不

容易找到個經理人，以為終於接近夢想一點，但因為不是本地人，很難找到演出機會，幸運的話每個星期有一、兩晚在地下酒吧工作，然後就被那些高高在上的人嘲笑說是擁抱性別定型、賣弄美色、靠男人賺錢。狄唐寧城，歡迎你！生活真是美好，不是嗎？」她苦笑道。

「為甚麼不回去？」

這次輪到她不懂開口。

架上的酒瓶，分別倒映著二人扭曲又無言的模樣。林先生看著酒杯，氣泡無幾了。

「我也不知道。」她說：「可以去哪裡？」

林先生心想，安全區外的世界雖然佈滿危險，也可能生活得很勉強，可還是很大、很寬廣。問題就是，你有多願意踏出去，或者有多想留下。甚麼冒險，甚麼追夢，都是陳腔濫調、自我麻醉的說法。懦弱、奢侈、不堪入目。當一個人沒有條件選擇，被迫離去，或者被迫留下，就會記掛另一邊的好，可是已經身不由己了。他想起自己的罪，想起為甚麼在政權更迭後必須離開。他的祖先踏出去了，也帶走了後代在此地的家族線，過了許久，他又「踏回來」了。這些變幻中有真正的自由嗎？

他過了好一會才為意她正望著自己。「我知道你覺得我有條件去選，已經很奢侈，」她握著酒杯說：「自由從來都是很奢侈的。不過，如果連這些東西都沒有了，我真的不知道，現在這樣的世界，還有甚麼意義。」

他皺著眉，雙眼空洞。他想起那些自己捉拿和殺害過的人，不分種族，不分出身，不分性別，不分年紀，有多少個？十個？二十個？五十個？一百個？拿著機槍向他們連續發射，有時只會聽到射中肉身，而根本不會數得清有多少人死去。會不會有些人，或者他們家中的女兒，跟歌手的年紀相若？他們可以選擇要不要死、怎樣死嗎？

不管是上陣殺敵還是日常生活，生死是每天發生的平常事。

人可以選擇臨陣脫逃，可以選擇取巧不參軍，也可以英勇上戰場，去追求重要的事物。為擁護心中價值而戰，值得衷心尊重。可是他們手下的亡魂，有多少是可以真正地去選擇，而依舊選擇奮勇作戰？還是只是無辜的平民不知就裡參與戰爭？抑或其實所有人在各自的處境內，從來沒有真正的自由，來去匆匆，都只在其他人的生命中，充當無意識也無意義的棋子？

如果大時代註定有人要被犧牲，劊子手負罪前行，是不是替天行道的義人？倖存者苟延殘喘，會不會才是挑戰上帝的罪人？

低頭彎腰，看著左手上的疤痕和傷口下的掌紋，林先生似乎很清楚失眠的原因。歌手站起來準備離去，輕輕握住他的幾隻手指。林先生的手平時都是幹粗活的，粗糙得不太感受到她的溫度。

「我不知道 …… 可能你會覺得，是生活逼你從另一個地方來到這裡；可能你覺得自己被迫做了很多你不想做的事，我不知道。不過至少是你自己想請我喝一杯的，無人逼你，這是你自己下的決定。」她微笑，一臉倔強且認真地說：「不早了，很高興認識你。不過下次不要勉強，讓我來。不用跟我來其他男人那一套。」

林先生身體仰後，把手收回來，放在膝上，手指上驟然傳來膝蓋的體溫。在她開門之前，他裝作不在意地說：「我姓林。」

「叫我阿莫。」

林先生坐了一會便離開酒吧。凌晨的詩歌舞區，依然有不少人在街上徘徊。有人在路邊檔攤吃宵夜；醉酒漢在鬧事和打架；市內列車經過時，有不良少年往車身上擲雞蛋。林先生套上連帽棒球外套的帽子，也因室內外溫差大的緣故，他把機車皮衣的拉鍊拉到最上面，步行回家。

在街角的拐彎處，白天是一個書報攤。因為那裡經常被小偷光顧，所以林先生開始工作不久，已經來過好幾次。三數次之後，他跟老闆開始熟絡。老闆是一個心腸和脾氣很好的吉普賽人。或許是由於他們人民以往常常流徙和身無分文，他對同樣落泊的人總是懷有好心。每次搜查隊接報有失竊案，都是他的鄰里或者路過的目擊

者為他報案，那從來不是他的主意。

老闆把晚上時段的書報攤位分租給另一個吉普賽人，林先生他們隻眼開隻眼閉。這個吉普賽商人在晚上從事一些遊走灰色地帶的活動，例如販賣走私來的煙酒，以及一些被管制的貨品。他第一次見到林先生，從遠處就看到他體格魁梧，於是不顧貨物，拔腿就跑。後來他知道搜查隊一般因為不想寫報告，只會做「份內事」而不會打擾他們的日常秩序，於是便把搜查隊當是朋友了。

「喂。」

「你好，長官！還未睡嗎？」他從紙皮箱中拿出一盒香煙，打開包裝，拿出並點了一根遞給林先生，之後整盒塞進林先生的口袋。

林先生輕力踢開紙皮箱，下面是一堆書籍和雜誌。「你讀得懂嗎？」

「長官你拿我開玩笑嗎？怎麼可能讀得懂？就算讀得懂，也沒有時間讀。你知道的，敵唐寧城向來重商，甚麼文藝啊、文學啊、書啊、理論啊，哪有人感興趣？不都是普尼族自己圍著火堆轉？」他也抽了一大口嘴邊叼著的香煙。

「犯法喎。」

「犯法事我不做的，我只是賣廢紙。我都看不懂，怎麼分辨？」

「廢紙賣得這麼貴？」

「不要玩我了。你知道，你們搜查局說要減少罪惡嘛，最狂熱的那班普尼族都被你們趕去邊陲、詩歌舞，或者更遠的地方了。喂，即使我們不賣，但總會有人想讀、想買，那就會有人賣。我不做，都會有其他人做。你解決了我也解決不了問題嘛。官員說的，敵唐寧講供求、市場原則和資本主義嘛。無理由住上面就可以資本啊甚麼的，住下面就甚麼都不行。那……叫甚麼？不公平啊。你別看這裡又亂又隨街垃圾，除了那班只會光合作用、沒錢又沒樓的普尼族會買，不少穿得很光鮮的人也來買的。這幫到經濟的！」

敵唐寧社會整體上都鄙視統稱為「普尼學」的知識，認為它們無實用價值，只會阻礙社會發展。人們認為社會不需要這些東西，甚至

是捨棄了，才會更強大。

　　局方為減少罪惡和減少工作量，積極把這類知識的狂熱愛好者逐到都市邊陲。這群人有小部分留在境內，住在詩歌舞區這種地方；更大部分則在境外逐漸發展成一個次文化宗教——普尼教。林先生所屬的小隊也有跟其他搜查小隊掃蕩過這些境外勢力。

　　林先生對這些東西沒有興趣，直接多拿了一包香煙便離開了。

　　搜查隊的工作其實有一半時間是巡邏，外加文書雜務。一星期只有兩、三次武裝行動，梳爾和其他僱傭兵出身的隊員總是很雀躍。雖然林先生所屬的橙色小隊早已經「聲名狼藉」，但對他們來說倒是一種誇耀。

　　「今天的行動是趕走那班該死的流浪漢。我們會將裝甲車開到新城區市中心，之後一直往外圍掃蕩。大家坐在車內就可以了，但不要喝醉。嗯，好吧，兄弟，不要喝得太醉就可以了。」行動室滿是歡呼聲，梳爾繼續說：「安靜，靜下來！安靜。好。那些清潔隊的飯桶會負責主要的工作，我們通常是沒甚麼要做的，請大家都聰明一點，好像狐狸那樣。麻煩的事，讓他們去做。可是萬一，我指萬一有事，我們要出動，也盡量不要像之前般打斷那些人的腿。因為他們會很吵，最後還要把他們抬走。盡量出重拳打斷他們的肋骨，為甚麼？有人知道為甚麼嗎？讓他們無力繼續反抗，之後用『好長官，壞長官』的方法，找另一個隊員他媽的禮貌地叫他自己去醫院。反正所有醫院長期都不勝負荷，讓他們等死去。醫生不會理會這班又臭又窮的傢伙。而且感謝我們的政府，我們有最完善的殯儀服務。屍體是很好的燃料，正是敵唐寧需要的，這班傢伙終於可以造福社會了。」

　　林先生上班從不沾酒精，是因為以前曾經見過同行喝醉後，在執勤時射穿了自己的腳。還有另一個，在吸毒後執行任務，被敵人活捉再鋸斷了手指，被救出來時依然「哭笑不得」。

　　橙色小隊的車隊很快便完成新城區的行動，繼續往舊城區方向去。不知不覺間已經到了林先生之前遇到的那個流浪漢出沒的

The Treatise's Strings: Babelians

區域。

「該死的，你知道我是誰嗎？我姓韋特，市中心新城區，很漂亮很高的那座大樓，就是我的曾曾 …… 曾 …… 曾祖父的。」

「沒有人有興趣。」

「R——E——T——I……I——R——W。韋特啊。」他想拿出藏在褲子內的身份證。

「你冷靜點，先生你冷靜點。」

「你們把我的東西都拿走了。我怎樣能冷靜？我 …… 我冷靜了。你還給我。」

「你冷靜點。」

「我 …… 我很冷靜。」

「你冷靜點，先生。」

「你 …… 我，我冷靜。」

「你冷靜點！」話未說完，隊員往他肚上出了重拳，叫道：「冷靜點！叫你冷靜點啊！不要襲擊執法人員！在場很多人做證。不要襲擊執法人員！冷靜點！」

「夠了，夠了，」林先生擋在不停毆打流浪漢的隊員身前，在他耳邊低聲說：「『好長官，壞長官』。讓我處理。」隊員意猶未盡，再踢了幾腳才失笑走開。

林先生看著地上的那個不斷抱頭呻吟的流浪漢，蹲下身說：「你認得我嗎？」

「你 …… 我啊。好痛，好痛。不是我做的，是你做的。」

林先生感到莫名其妙，著一旁主管清潔和維持市容的小官吏送他上救護車離開。他們看著錶上顯示快下班的時間，一臉不情願地工作去。下班後，巴士經過剛才附近街區，林先生便提早下車，走到較早前的位置，想看看流浪漢的情況。他發現那些髒亂不堪的紙皮窩和雜物都被清到街角的垃圾堆，等待明天垃圾車來才處理。好奇的林先生隨便踢開一些雜物，發現當中有一張名片，上面只印有一家古玩店的名字，沒有任何其他資料。店鋪名叫「龍寨文物」。

雖然林先生沒聽說過這個名字，不過知道在另一個區域的舊城區內有一家少見的神祕古董店。只有受邀請前往，或者得熟人的介紹，才會得到更多資訊。不知道流浪漢是怎樣得到這名片的。

林先生推開雜物。名片有點受潮，紙質泛黃並帶霉點，紙角沾了地上的污水而濕爛。林先生見白色的名片內夾雜了灰色的東西，小心地撕開，發現有一塊小巧的薄金屬片，可能是微型晶片。

「你在做甚麼？」一個胖女人指著他罵道：「死乞丐，討飯走遠點！」見到他站起來時的身形，她被嚇一跳，又說：「望甚麼！正常人怎會在這裡撿垃圾？死瘋子！」

林先生不欲糾纏，把名片放進口袋便離去。

搜查局行動室內，隊員掀開一大塊封塵的布，在一堆充公物件內找了好一會，抽出底下的一些儀器和一套似乎是檢驗用的工具。

「麻煩你了。」

「你不知道我的名字？」

林先生生硬地說：「抱歉。」

「我叫貝雅。」

「麻煩你了，貝雅。」

「你肯定是之前在更衣室聽到我跟他們說，關於大數據的東西了，是嗎？現在沒有了，以前才有。而且，以前電腦業很蓬勃的，是潮流，每個人都要學，而且從幾歲就開始訓練。」

「為甚麼你會知道？」

「看『書』咯。」他轉頭打了個眼色。

「你最好不要告訴梳爾。」

「你覺得我有這麼蠢嗎？過來看看。」

他把晶片放入儀器，屏幕上顯示了一個舊城區內的座標。林先生還未看清，貝雅便用手掩著屏幕。

「你會不會說出去？」

「他問我才會說。」

貝雅愕然，關掉屏幕。林先生說：「你到時隨便供出一個書報

攤。」

貝雅聽罷，轉念便笑說：「你慢慢。」離開前又說：「不過你叫你朋友小心，這塊晶片有追蹤功能的。」

這時候天正下雨。根據官方說法，敵唐寧城的雨水受中度污染，實際情況不得而知。人們在下雨時都盡量不會出門，就算出門也一定會帶備雨具、身穿長袖衣物，避免皮膚直接接觸到雨水。天有不測之風雲，因此很多人不管陰晴春秋，都選擇穿長袖。

林先生抄下座標，在更衣室中拿了一件制服雨衣，便駕駛搜查局的車去調查。其實他為甚麼想查下去？這件事跟他有甚麼密切的關係嗎？重要的不是流浪漢，而是韋特。應該說，流浪漢對他來說不是甚麼重要的人，可是「韋特」——這個曾經擁有最高建築物的家族——卻是驅使他查下去的原因。

駛到古玩店所在的區域，巨大的立方體建築結構在他眼前出現。林先生以戰後較小的足球場大小作為標準來目測，樓群間密度驚人，樓高十層左右，佔了差不多十個足球場的面積。樓宇密不透風，內裡漆黑，戶口繁多，每戶都門窗關緊，生怕漏出的光會便宜到別人似的。今天雨下得厲害，這樓群更是顯得陰森恐怖。它貌似一本封面霉爛、浸到發黑、充滿犯罪氣息的書，被魔鬼隨手一扔，落在一片無人泥地中間，接收人間的災禍與賤民，不見天日，不見重生，待不速之客一步步揭開，一步步著魔。

他按著座標，走進舊樓群內。他經過屠宰場，一個大胖子赤裸上身，下身只穿著一條破舊的四角褲，身上滿是動物的肥膏和血，一手向狗籠中抓，隨手屠殺，又隨口叫賣，面容焦躁。有水點滴到林先生額頭，抹掉它的手指上彷彿沾了一層泥垢。往上望時，見雨點被擋在過密的樓房頂和簷篷間，上方正有住戶把衣服往屋外晾，那人急急指向對面屋。林先生舉目望去，對面根本沒有開燈，反而隔壁牆外放了幾枝異色霓虹燈，隱隱約約發出一些成人的聲音，在搖骰聲和賭客的叫囂聲中擾攘。

林先生不小心踏到一腳污水，他往四周殘破如廢墟的外牆上找

尋指示牌，又問了幾個人，但人們見他是外來客都搖頭走開。他拿出卡片，想仔細觀察一下。此時有個男童從旁邊的垃圾桶後伸出頭來，小心翼翼地觀察，直到林先生拿出口袋裡的零錢，才出來替林先生帶路。他們來到一條兩旁都掛了不少異色霓虹燈和女郎畫像的樓梯口，林先生往上面探看，見單位的大閘都生了鏽，樓梯級鋪上了綠白相間的磚。樓上傳來家長打罵小孩和他們哭鬧的聲音。他也留意到，在這棟殘破的大廈內，不少角落都安裝了閉路電視。

這個時候，兩個體型比林先生更魁梧，身穿黑色西裝白襯衫，腰間好像配有武器的男子走到他身後。林先生往旁邊看，見男子的手臂居然比他的粗壯兩倍，他們可能是拳手出身。男童則被嚇壞了，轉進一條小巷便不見蹤影。

「巴沙爾先生想跟你談談。」

「我是搜查隊的。」林先生說。兩名男子默不作聲。林先生想，如果他已經無意中知道了一些祕密 —— 譬如手上的晶片 —— 而不能留他活口，那兩名男子早把他當場擊斃了，反正這裡發生的事應該沒有人關心。就在此通道兩邊，似乎也有站著男子的同伙，逃脫應該也是不可能的。林先生沿著樓梯往上走，看見二樓的門打開了，便步進單位。兩名男子在他背後把門鎖上。

單位內只有林先生一個。窗外閃爍著粉紅色和黃色的光，與五光十色的廣告牌混合成七彩光芒，晃動的頻率像數著林先生的心跳。窗花映照在地，舊年華的圖案整齊地落在六角形瓦磚地板上。他面前只有一條走廊、一張桃木沙發，以及旁邊的小桌子上有一堆舊雜誌。

他正想檢查雜誌時，走廊盡處右邊響起機關運行的聲音，門形的光照在走廊盡頭。他走過去，見門已打開。裡面是一條只出現在韋特大廈之類的高樓的扶手電梯。林先生打量周圍的舊裝潢，再看看扶手電梯和鋪好雲石的柔和白色通道，心中吃驚。扶手電梯本來只緩慢地運行，他走上去之後速度便加快，十餘級的高度，用上了不必要的電力。

經過了三道扶手電梯，沿通道往右拐，他來到一個接待處。

「林先生，你好。」接待員說。

林先生一臉迷茫。

「麻煩你。」接待員伸出雙手。林先生眨了眨眼，有點遲疑，把手槍交出。然後他又想起，剛才好像經過了一道拱門般的儀器。這種地方怎會出現高科技？

接待員張開右臂說：「請到升降機大堂，進入升降機後按五字。」

到了升降機內，林先生才回過神來，彷彿身處於高樓之中，空氣清新，沒有雜質。他用指頭輕抹扶手，一塵不染。

「歡迎你，林先生。」眼前看上去正值盛年、穿著西裝的男子將文件簽妥遞向祕書，朝林先生走來握手。林先生手一伸出，男子二話不說往他手腕上扣上些甚麼。林先生先是一驚，想舉拳反抗，方感覺到手上的不是手銬，而是一條真皮造的精緻手帶。

「這會記錄你的喜好和個人瀏覽歷史，下次來到，只要戴上，它便會感應到，我的手下就會根據資料，好好招待你。這邊請。」

林先生從未見過這種玩意，疑惑地轉動手腕打量。以前在軍中，他們只會穿著粗布軍裝，在頸上戴一個刻有名字的鐵牌。其實遇難時，沒有人想知道他們太多的個人資料，或者生前是甚麼人，這純粹是為了根據行政程序通知緊急聯絡人，以及點算人數以免浪費軍籍軍糧。

「個人瀏覽歷史？」

「很多人會來很多次。每一次來，都會有不同的感受，爭戰、文明、政治、藝術、自我、靈魂、救贖等等。以上這些感受，都是數據。你駐足多久、望著甚麼，就是個人瀏覽歷史。也就是系統中的『你』。」

「『大數據』？」

「還未。或者說，已經過去了。」

林先生隱約感到事有蹊蹺，彷彿有些不對的事，正在一模一樣

地醞釀。

男子已帶他走到樓層的升降機大堂，其中一旁有一道大門，他打開門，林先生便見一個猶如博物館的大廳，以收藏的類型分類：畫作、雕刻、巨石刻、古董門窗、家具……應有盡有。林先生跟著男子，好一會才穿過大廳，來到一間辦公室的門口。「請你在這裡等一等，請問需要喝點東西嗎？」

「水……謝謝。」

「有沒有產地要求？想要有汽或無汽？」

「嗯，隨便。」

「那我拿一枝花都有汽礦泉水給你。你應該還沒吃晚飯。要吃點東西嗎？」

林先生想起下班後顧著查案，還沒有吃晚飯。慢著，他怎麼會知道？看來是名片的追蹤功能。「漢堡……就可以了。」

「波士頓、紐約還是墨西哥風味？」

「不知……」

「對不起，我們暫時只有這些選擇。如果你不介意，我推薦波士頓龍蝦漢堡。」

「好。」

「醬汁呢？」

「醬汁？」林先生腦海裡是街上漢堡店的果凍狀食物，果凍上怎麼加醬？

「不如由廚房發辦啦。請稍候。」

林先生在辦公室門外的皮沙發上坐下，四周是古董，滿是打磨得光滑的深咖啡色木製家具和牆身，柔軟乾淨的地毯鋪滿地板。這跟搜查局的內部裝潢實在相差太遠。林先生拿出袋中的名片，想著為甚麼流浪漢會跟這裡有關係。不消半刻，辦公室的門打開了。

「你好，我是巴沙爾。請進，請坐。點過食物了嗎？」他身上穿著藍色間條、雙排鈕扣行政西裝，內裡是講究的絲質灰白幼間條襯衫。雖年紀大且有點瘦弱，他全身卻帶著典雅的味道。一頭白髮

往左邊撥，鬍子往兩邊梳好，打理得很整齊。他用手轉動著一枝名貴黑白色鋼筆，背靠有點歷史痕跡的黑色真皮大班椅，微笑向林先生說：「辛苦你了。」

林先生不發一言。引路的男子敲門進來，把一枝玻璃瓶裝高級礦泉水從餐盤拿起放到桌上。林先生從未喝過，只在大夥兒偷喝充公的走私貨時，喝過同品牌的另一種飲料，一試難忘。礦泉水旁是一份龍蝦漢堡餐。林先生只在小時候吃過真的龍蝦，那是旅行時在海港旁無牌販賣的，肉質不太新鮮，跟眼前這鮮紅鮮白的，品質相差很遠。煎封的龍蝦放在一片麵包上，另一片則塗了黃油，碟子其餘的地方放了沙律菜和三款醬汁，看起來是精心烹調而成的，跟林先生平時用來塗廉價麵包的那些比較，差天共地。

「請，別嫌棄。」

林先生忍住口腹之慾問：「你們是認識的？」

「我跟他說過，我可以幫忙，但他不肯領情。畢竟曾出過那有名的祖先，是古英格蘭大學博士，家學淵源，家勢顯赫，是有點難接受的。」

「因為他，才有『這個世界』？」

「這個世界曾經有好過的。根據歷史唯物論，人類的進程就好像機器齒輪那樣。有些事，去到某個時刻，總會有人去做，也總要有人去做。人們常說大局已定，就算不是已定，也是將定。」

林先生想起之前在酒吧時，駐場歌手阿莫說，即使他覺得自己身不由己，但請她喝一杯，是他自己下的決定。如此一來便似乎有點不對勁。誰活著，誰就有份促成世界的頹靡，誰就有罪；可是同時，誰都沒有罪，因為大家都只是跟著劇本而行。有人走偏了，也會被拉回主線。

那怎樣解釋他聽到歌聲便情不自禁，心血來潮，想請歌手喝一杯？大局中難道沒有自由可言，連保留少許善意的可能都不存在？那麼像他這樣滿手鮮血的屠夫，或者另一極端——街頭上不是大奸大惡、只當重要事是「正業」之外工餘活動的庸人——還有任何自

我救贖的可能嗎？

林先生想不下去，忍不住喝了一口礦泉水，實在是太清甜了。

「我們從小就認識了，他爸跟我爸，他祖父跟我祖父，只是……唉。年青人，先趁熱吃，不用理我。」

林先生按捺不住了，一手把塗了黃油的那片麵包蓋上去。人們說味道會喚起記憶，他這一刻的腦袋中，的確閃過了兒時跟父母出門的事。只是當時他們並非旅遊，而是避債。今次不同，龍蝦，是新鮮的，忘了加醬，龍蝦，真的很好吃，肉，很結實，鬆軟的麵包，蔬菜，混成一團。林先生從未吃過新鮮的漢堡餐，於是忙著把漢堡往嘴裡塞，吃到一半又把醬汁隨便地倒上去。

「林先生，韋特認識到你，很幸福啊。要不是有你，他可能會傷得更重。」

林先生回過神來，用衣袖擦嘴，吞下食物說：「你一直在監視他？」

老人巴沙爾半舉雙手，示意無辜。「不如這樣說，不是『監視』，是『照顧』。你可不能不管韋特一家啊，沒有韋特，就沒有我們這個世界。」

「你指這個敵托邦？」

「我知道你很嫌棄這裡。你可能不自覺，但就算這樣，很多人還是努力活著。有不多也不少的人都在行動，挽救這個城市。況且，這裡對你來說是敵托邦，對很多人來說可不是。沒有這些磨折，你也不會出現在這裡吧。」

「像你這種人，靠走私、洗黑錢等非法手法謀利，應該過得不錯吧。」林先生食著他的晚餐。這樣說話，又這樣說服自己，並不特別感到羞愧。

「林先生，你今次來，並不是為了斥責我的，對嗎？」

「韋特」這個名字縈繞在林先生心內很久了。

「我看，你倒不如把時間放在其他事上，才叫有點意義。人是要往前看的。我年輕時也做了不少錯事，不是犯法那種，但是自己

知道會因此下地獄。沒辦法，你一天還未死，就要承擔死去的人的重量。你要把自己該做的事做好，才可能找到解脫的方法。就算最後甚麼也沒有，至少你有試過。」

正常人要走十幾步路才能繞到偌大的辦公室的另一端，巴沙爾年紀老邁，路便顯得更長一點。他來到鐵櫃子前。林先生望得不太清楚，只隱約見到櫃裡好像有一個像井的裝置，黑洞中有火花濺出。老人等待了一會，從櫃枱後拿出一個金屬和木頭造的古董托盤，轉過頭來時，托盤上有一個箱子。林先生心想，單單是這托盤可能已經比他所有行囊還要貴了。

「時間無多了。」老人回頭說：「不只我，你們也是。」

他走回來，把箱子放在林先生的腳旁邊。「事先聲明，我也想我們會變好，不過我不蹚這趟渾水的，做到這樣已是仁至義盡了。」說著老人伸出張開的手掌，禮貌地笑說：「而且我不會行賄，觀乎你這個級別。」

林先生隨手奉上兩個硬幣，接過重甸甸的箱子。打開後，裡面有不少文件，當中主要有份完好且乾淨的手稿，收納在一個同樣一塵不染的塑膠文件夾內。剛才進來時經過了不少古物，林先生心想：保存得這麼良好的話，看來再過幾百年，也還是可以承傳下去的。

「普尼學你聽說過吧。」

林先生直勾勾地盯著老人。跟其他人不同，老人沒有反應，繼續說話。

現在說的普尼學，好像都是負面意思，諷刺人們不學無術，不懂實際技術，只懂誇誇其談而言不及義。總之就是一班不為經世、只為自我優越感及五斗米，嘴邊還掛著大仁大義的讀書青年和老學究。現時有少數不是如此，一開始更完全不是這樣的。它跟很多今時今日的用語和知識一樣，同樣的名稱多年來經不同人在日常生活中不斷地運用，衍生出不同的意義。完好且乾淨的手稿上面，便提及了一個名叫普尼斯雅拿的地方，以及通往那地方的方法。

普尼斯雅拿本來是一個政治哲學用語，泛指人民持續修行，

努力不懈去使社會進步的地方。後來逐漸發展成一個常用的比喻，指一些地方的公民具涵養和質素，不浮躁、不急功近利、不求一蹴而就，會願意犧牲自己的本業，用上人生大部分的時間、精力和金錢，去推動社會一同進步。意思上雖不是指烏托邦，但至少每個人都持之以恆，也對惡行保持警惕。慢慢地，人們開始以此借喻一些虛無飄渺、理想得不著邊際的地方，它的意思也開始偏離本意了。那地方現在只存在於傳說和童謠中，是一個位處於蒸汽支撐生存條件地區之外的神祕國度，史上所有朝聖者無不在艱苦遠征中喪命。

「你把它拿回去，我想你之後追查下去會有用的。你未必馬上得到你想要的，但至少會有線索。不管如何你還是會走下去的，不是嗎？」

巴沙爾送走了林先生。林先生原路返回，他在大廳入口處又經過那幅約高三層樓的巨畫。細看下，由小漩渦構成的黑色底色上，有一個眉頭緊鎖地沉思著的人正坐在一塊石頭上。他背後有一個斜坡，過道一直往上，發展出梯級和拐角，又一直捲曲，詭異地連接著沉思者前面的路，構成像潘洛斯樓梯般現實中不會出現的視覺幻象。進來時，帶路男子曾解釋說：「潘洛斯階梯是幾何悖論，階梯向上或向下，不斷循環，永無盡頭，這是不可能成立，也不可能建成的。樓梯通常是用來走，而不是用來留。畫家想呈現的，就是永恆之後，稍作駐留的思考狀態。這是困獸之鬥，也是無窮盡的追逐，有沒有意義可言呢？要怎樣才能解脫？」林先生當時沒有認真聽，見了巴沙爾後又回到這裡，他站在巨畫前，認真地觀察。

沉思者的身體由很多齒輪所合成，心臟有一部大渦輪機連接著他的五官。腦袋則是分離的系統，前額上有一個缺口，是出口還是入口？嘴巴欲言又止地微張，沉思者右手兩隻手指放在嘴巴前，阻止自己把話說出來。他的左手持鉛球，右手臂膀掛著天秤，像是想放球到天秤上量度，又像是想把它擲向遠方。他坐著的巨石，底下生了樹根，其表面也有推動良久而磨得光滑的痕跡。是推了太久還是太久沒推？他的目光朝著遠處的天空，天空中也有一個缺口，仔

細望進去，裡面是一個樹林，奇形怪狀的樹木跟沉思者背後的一片繁茂長得驚人地相似……

身處深夜無人的大廳入口，林先生似聽見另一端的房間內有些甚麼動靜。他沒有長時間停留或者折返偷看的權利，於是便離開了。

巴沙爾從抽屜中拿出幾份文件，其中一份是他的護照副本，上面寫著：「巴沙爾 ・ 路德維希 ・ 韋特」。

冥冥之中，林先生住所外此時亦巧合地有人在用力拍門。久遠之後，類似的命運亦正降臨在他身上。

三

古英格蘭大學
Anglican University

拍門聲中，我扭開門鎖。助理出現在門前，喘著氣問：「你去哪裡了？」

　　「我剛在洗澡。等等，不是正在宵禁嗎？還有，你怎麼直接來我家了？」

　　「你沒收到通知？地圖局出現問題了。」

　　我拿出智能電話，有三十多個未接來電，還有系統發出的訊息。我換了衣服便馬上開車，跟助理一起回到大樓內。

　　大堂中心正投射出綠色激光交織的巨型蜘蛛網影像，其中有一點閃著紅光。我們回到辦公室穿上實驗袍和護目鏡，走過無塵區域，坐緊急升降機。

　　「這是甚麼情況？」韋特也趕來了，跟我們一同前往地下樓層。

　　「系統發出了最高級別的負荷訊號，即是機組遇到非常特殊的情況，運算能力不足以應付。」

　　韋特一邊整理他的衣領，一邊責難助理說：「謝謝你，不如由你來做我的職位？我是在問，是甚麼該死的特殊情況使我必須在半夜起牀處理？」

　　我說：「正常情況下，人工智慧有修復的功能。上次誤鳴的時候我們也新加了去除故障的組件。除非 …… 但應該不可能。」

　　「快點告訴我。」韋特催促說。

　　「編碼在大部分情況下都是有效的，因固定的參數是不變的。除非 …… 除非出現了一個過往五十年數據都未出現過的狀況。」

　　「可是我們上次也模擬了大型災害事故，應該是沒有發現問題的。」

　　「我指未出現過的狀況，會不會不是未來發生了事故，而是『過去』出現了問題？」

　　韋特和助理都不明白。說著說著我們已經到了終端機房。房間內有一台數據機，它的玻璃櫃門內有幾盞紅燈不斷地閃，閃得整個房間通紅，好像緊急事態填滿了整個晚上，使氣氛更緊張。

　　「門卡呢？」由於保安原因，需要兩張高保安級別的職員卡才

The Treatise's Strings: Babelians

可以進入終端機房。韋特先問我，我拿出我的卡，他再不停往自己身上找：「見鬼的！我要回去辦公室找。」便跑回升降機去。

現在只能乾著急，助理問道：「你可以趁這時間解釋一下剛才在說甚麼嗎？」

「我也不清楚這對不對。不過一般來說，這幾天沒有特別大的改變，運行的程式模組以及一組組變量是不會出現問題的，最多是機件發現自己負荷不了，自行減少必須優先處理的案件數目，從而減慢運算速度，頂多就是運行得較慢。我們也把機器的運算能力上限設定在一個非常安全的水平。」我托托眼鏡又說：「因此，除非是有其他我們沒有預計到的情況，否則突然出現問題的唯一原因就是⋯⋯耐人尋味地，『過去』出現了問題。因為已經過去了，按理來說，程式已經處理了這些數據，案件已經完成，突然有變的話，所有的任務都要重做，而其他個案則要分類和排次序。即是所有案件都突然變成了必要優先案件，必須要一起重做，無法減慢運算速度。機組自然負荷不來。

也就是說，不是未來出現了重大事件，而是過去發生了大轉變。」

助理仍然一臉不解，問：「可是，怎麼可能改變過去？」

我也不解，同時也不想拋出那些廉價的量子力學論調。

「來了。」韋特趕回來，跟我一同拍卡。我們走進終端機房，發現其中一組機器已經有過熱的情況出現。

「等等！我想先知道資訊傳送的情況。」我來不及阻止，韋特已粗暴地拔了電線。

他說：「哪有時間？我不想出事！過兩個月就審查了，如順利通過了我就能升職。我不可以讓情況惡化，誰阻礙我就要死！」

「慢著⋯⋯」我摸摸額頭。

助理走過來說：「沒關係吧，我們還有五、六成的數據。」

我望向韋特，他辯駁說：「你不能怪我，我不想的。難道你們來賠償我之後的損失？」接著眼神閃爍地四處望。

事情無疾而終。我拜託助理明天把緊急情況後的資料修復，並始動後備機組去處理接下來的優先項目，希望趕上正常進度。回到辦公室，我跟委員會主席交代了一下事件。他認為計劃有未成熟的地方是情有可原的。他比較擔心的是由誰去負上今次事件的責任，並暗示我們可以推到助理身上。我回答說不太肯定，需要時間考慮。

　　人在出生的時候產生意識，慢慢長大、學習、經歷、感受，開始出現「我」、「你」、「他們」的概念。在模擬的過程中，我們也在無意中記錄了一個個人的過去，再製造了一段短時間的虛構未來。那過去是真實的，那未來是未發生的。可是，那一段未發生的未來，卻已經出現在硬碟中，那一件件我們準確知道的事「已經」「尚未」發生，世界上已經有了確切的紀錄。那麼當它真的發生的時候，成為具有逼真的時、地、人等資料的事件，屬於該事件的概念 X，是屬於預言，還是往事？將來的人在資料中的某角落找到這段殘缺的事件時，他又能否辨真偽？

　　相反，即使 X 最後沒有實現，基於「出錯」模擬的它卻在電腦內發生了。X 在概念上又算不算已經誕生？有時候這不會造成多大的影響，但我舉一個例子：X 是一個拯救人類的科學發現，而無意中和模擬中，成功狀況比現實實驗中還要早出現，由於這不是該次模擬的主要目的——而該主要目的最後失敗了——所以系統將整次數據擱下，並將結果如實通知了系統使用者。發現 X 只是某種預期之外的幸運。那麼在科學上，使用者應該以甚麼作為依歸，判斷應否干擾現實？我們應該任由它干擾之後發生的事，拯救更多人類，還是詐作不知情，讓生命走上本來的道路？更致命的是有時候情況不可逆轉，而且有連鎖效應。

　　剛剛最後一道問題，假如將「科學上」換成「犯罪學倫理上」，人們該怎樣做？其實地圖局從事的正是這種干擾加拯救的行動。那麼，再簡單一點，假如再進一步，將「拯救人類」換成「消滅人類」呢？這就已經是犯罪行為，必須干預了。可是機組是世上唯一掌握有關 X 知識的存在。X 可能是依靠保安漏洞進行的智能炸彈襲擊，

甚至可能是製造小型核武的方法。假如局方進行干擾，就是將世界上本來不存在的有關 X 的知識通知了系統使用者，無中生有，難道不是令人類更危險，跟拯救的目的背道而馳嗎？反過來，假如局方不干擾，難道就讓人類自生自滅？

再大膽推展多一步，隨著終端機自行升級，採樣的來源會由人類主要城市擴展到越來越多的地方，由五十年變成越來越長的時間。它也越來越不需使用者的參與，並趨向自動，出現「成為自己的使用者」這個特殊情況。它掌握過去越來越久的歷史，也遙望著近在咫尺並越來越遠的未來。假如它預測到，有天它會因 X 而犯法，那麼它會如實告之，讓消滅人類的知識傳開？還是僅僅 X 的出現，已經會令它偏離「正常」狀態，隱瞞情況，並「知法變法」，繼而「知法守法」，實為「知法犯法」？如此已是無限輪迴。

罪不因念而生，卻因念而起。由未有之罪，到未行之罪，是否已經尚未成為一種罪？

這還未將「過去」發生的事放入討論。我們設計的人工智能系統，有一組程式負責檢視過往的錯誤，並自行修正。因為這是持續進行的，所以一般來說不可能有很大規模的錯誤。現在我假設今夜的異常，不是因人為修改了一些過去的數據，而是在今天，有一個人不知怎樣，也不知道有甚麼目的，回到了一個月或者一年前。他改變了該時間點之後的事件。到剛才系統發現現在的數據異常，並自動修正了過去的數據，重新模擬所有情況，因此超出負荷，並通知我們。我先不去討論那人怎麼做到，因為那真是天方夜譚。

很多我見過的犯罪個案，犯人如不是本身邪惡，通常都是為了身邊十分重要的人。就算那只是一個藉口也好，也正是人類生存需要的理由。我假設他是局內人，他可能透過某些方法，譬如路過現場或者偶然間打聽到，知道了一些模擬的結果。他為了身邊重要的人，想回到過去改變一些事件，並成功了。那麼最後，照道理，他應該不會再見到之前的結果，也就失去了當初回去的理由，如此他就不會回去，那麼歷史應該沒有改變才對。過去與未來重疊了，

而且出現了矛盾。換言之，有關這兩條時間線，要搞清楚的未必只是一些社會環境、成長背景、天氣之類所謂的「大局」，不只是今天之前發生的事，也不只是未來「已經」「尚未」發生甚麼，而是在所有大框架下，人們下了很多合理的決定之後，當刻有所蛻變，又會否下一些跟過去一直堅守的價值相違的決定。

一念左，一念右，左右是彼此矛盾的，在各自且並存的時間線內，卻是一念之間的必然結果。就好像重新模擬十次一樣，結果不盡相同，卻是同時存在的。有了這個在今天預測明天的能力，就如有了在昨天改變今天的能力，所謂的未來，都是可變的。如是者，強行製造時間線能扭轉命運，逆轉生死。

當然，前提是他可以去到「以前」，有進行「模擬的模擬」的能力。我思考著，懷疑我在思考的時候就是在實踐這種能力了。

對爭取研究撥款無益的想法，也是時候要停止。

我卻突然間在思緒凌亂時想起我們的推薦人，便直覺地在書架上找，抽出了那本古英格蘭大學刊物。之前翻閱它的時候，讓我意識到那位猶太人教授跟我斷絕往來的原因。我按下開羅古枱燈的開關，方便收拾書桌。

電話突然響起。

「發生這麼大的事情，為甚麼不告訴我？」謝西嘉的聲音聽起來有點急促。

「我想你可能在睡覺。你是怎麼知道的？」

「我怎麼會不知道？他們馬上打電話給我父母了。」

「嗯⋯⋯ 對不起。」

「你快點找出原因，我跟叔叔說好了，這次事件不會影響你，前提是你要交出那助理。我也不是第一次說不太喜歡她了。她的履歷比這職位要求的還高，我們留不住她的，只會白養了人。也不知道她來，是否就是盤算著偷走成果。你知道這項目在私人市場多值錢的。」

「我想，她未必是這樣的人。」

The Treatise's Strings: Babelians

「還有誰會做呢？快處理她。我明天還要飛去外地開會，沒時間可以浪費。」

「會不會尚有其他方法？她可能是無辜的。」

「沒有其他更有效的方法。你想想自己的前途，值得嗎？你知道你在我家族中的位置的。我不想再重演去年家庭聚會時那種尷尬的場面。」

我不知道從何說起。

「我不想有任何事情成為結婚的阻礙。快處理它好嗎？解僱她後告訴我，我要跟父母交代。」

「嗯。」

「親愛的，你一直都很好，也很聽話。我不想親戚朋友看你不起，我想你成功，就是這麼簡單。」

我內心很是掙扎。助理向來盡責，很多時候都為了做好工作而趕通宵，而且她確實對這方面的研究有興趣，才放棄進修，到局內爭取機會。貿然辭掉她的話，似乎有欠專業操守，不太說得過去。

考慮著如何處理這事的時候，助理敲門進內說：「老師，我把資料都下載了，時候也不早，我先回家洗澡和睡兩、三個小時，接著才回來準備明早的會議。我開會前會先讓電腦運行，中午前應該可以向你匯報初步分析結果的。」

「嗯……好的，到時再說。」

「那麼我先回去？」

「等等，」我站起來，走向辦公室一旁的書架。在其中一格，書籍前放了一個別緻的長方形盒子。我遞給了助理，待她接過盒子後說：「這是之前論文導師給我的畢業禮物，不怎麼貴重，不過他的話卻叫我記到現在。他說：『我很高興你經歷過的艱苦得到回報。』你知道這是甚麼意思嗎？」

助理不解。

「我在一次實地考察的時候，遇到新英格蘭軍警。他們平時是很溫和的，直到你想反抗，他們就會變得殘暴而無情。現在他們的

殘暴是眾所周知的了，但當時還未算是共識。」我的眼鏡有點下滑，卻不想把它托好。我覺得這樣做會令她感到我說這番話時是在思考和堆砌文字，顯得不夠真心。「我為了考察，走到隊伍前。有一位軍警走過來問我是誰。你也知道我是唯一一個會實地考察的學者，而且我最討厭那些坐『大班椅』、身嬌肉貴、只懂紙上談兵的學究吧。」

我這時候才發現，原來打開心扉說話，內心會有種難以言喻的感受。也是現在才注意到她臉上原來長了雀斑，戴著一副鏡片頗厚的眼鏡，紮著雙馬尾，中等身材，實驗袍下的穿著平凡。老實說，就是一副頗標準的書呆子模樣。

我繼續說：「他一問，我才會意，到底我算是誰？如何才算是社會運動的參加者？應該就是跟夥伴們一同前行，不是為了薪津和工作，不屬於官方，而是很純粹、想為社會出一分力的人吧。不就是我自己嗎？堅苦啊，烈日當空，通宵達旦，過了兩年這樣日曬雨淋的日子，有賺到很多錢嗎？沒有，但我做到想做的事。最後，也至少贏到一份認同。」

「我可以打開嗎？」她打開盒子，見到一枝精美的墨水筆，說：「謝謝 …… 我可以把個人物品收拾好嗎？還是連這權限都沒有了？」她意會到自己要被辭退，眼神開始有點渙散，這應該是她的第一次，也是我第一次因為辦公室政治而解僱人。

「你慢慢。」我有點不好意思，又想開口說些甚麼。

「不要。」她理智地搖搖頭，表情卻很複雜，好像還想說些客套話，但又把話吞回去，接近喃喃自語地說再見，轉身便走了。

我不知道怎樣說才好。正常情況下，這事件根本不會發生。我頹坐在書桌邊上，背後是剛才已打開的古枱燈，光圈照著大學刊物封面。為了保持辦公室簡潔，其他期數都被扔掉了。它得以保留下來，是因為裡面一篇訪問。

訪問的受訪者正是我這個項目的推薦人：古英格蘭大學的猶太裔聖經學者，專研巴別人的故事，也廣泛地研究其他社會課題，

The Treatise's Strings: Babelians

在人文領域廣受認識和尊重。而事實上，謝西嘉家族長期贊助了不少學術項目，他就是其中一個獲贊助的人。不過他性情古怪，不喜受約束，更經常語出驚人，當面斥責別人，因此不算直接受控制。我跟他初次見面是在一個花園派對，當時地圖局尚未成立。他年紀比我大上不少，卻比我想像中長得瘦小，遠看過去就像是一個年輕人。握手時我感到他在用心打量我，彷彿單靠手的接觸就能測出我的智慧濃度似的。他有一頭稍為梳整好的短髮，長著一張不饒人的臉，雙頰凹陷，目光如炬。那次交談倒是頗愉快的。我想，我們算談得來，因同屬那種不太能跟不同層次的傢伙相處的人。後來我們有保持通信。我們因學問上的追求而惺惺相惜，後來卻因為同樣認真的原因而分道揚鑣。

雖然他有猶太血統，但從來不以猶太人自居。因為他出生在貴族家庭，那年代崇尚德語，所以他說話時帶著頗濃的德國口音。最後一次見面時，他先吐了一串我聽不懂但猜得到的單字。我不太了解他真實的意思，這反而是好事，以免羞愧得更面紅耳赤。我倒是聽得很清楚他之後的話，清楚到我不能忘記也不能釋懷。

「我不認為你們知道自己在做甚麼。你們建立了所謂的『理論』—— 我姑且不談世界上從來只有『框架』而沒有『理論』——之後寫下來，在大眾和一批愚蠢的『專家』前演說，不用說，你也心知他們只是一群濫竽充數、裝作運轉著『腦袋』的金錢動物。你們再用數學和邏輯語言編寫了系統，每一步你們都說了很多話，寫了很多字，可是我不覺得你們知道當中任何一個字的真正意思。」他旁若無人地，用手比劃著說教。

古英格蘭大學中很多中世紀街道是由形狀不規則的石頭建成的。我低頭望，石頭任由快十世紀的歲月把它們風化，就好像這裡地方之靈，一草一木，一街磚一斗室，都有專屬的名字和往事。我心知我在思考著無謂的東西，為了從他的喋喋不休中引開自己的注意力。我倆的部門就在數十步之遙。我本來打算聽從謝西嘉的話，想在徹底離開犯罪學系，完全投身到地圖局這段銜接期結束之前，再次親身感謝他的推薦。那天剛見面時他匆匆步出所屬的宗教哲學系，我一看到他

的臉就知道我大禍臨頭了，四周典雅的校園頓時失了光澤。

「地圖 …… 地圖是甚麼？你們指代的是甚麼？地方？還是有關該地方的陳述？一派胡言！你們自以為掌握了位置，掌握了時間，掌握了規則，就可以掌握到人類和他們的命運？真是異想天開，我猜你們身邊沒有人這樣說吧。不，我不該說『你們』，這會淡化了你的參與，應該對著你說 ——」他側身面朝著我：「『你』，是你這個該死的古英格蘭校友做的。跟別人沒有關係，是你自己的決定。讓我告訴你，你這個小學生水平的計劃有多粗疏吧。你們模擬了人類的一切，除了人類本身——那些善變與善感的靈魂。你一定又以為，像那些美洲土著，用小圓網和羽毛造出一個個捕夢網，就可以達到你的目的，可以捕捉人類的靈魂，可以辨認那些改變歷史的魔鬼與天堂守衛嗎？我這樣說你應該知道那代表我相信甚麼。混帳。你以為你這樣做可以更了解人類，可你從起點就出錯了，你們蓋的只是沙城堡。

你甚至沒有辦法去指明你這地圖想說明甚麼，因此它就跟現實世界裡——天啊，有不現實的世界嗎？難道不現實的世界，可以單獨於現實存在嗎？——的一張廢紙、那種過時的城市地圖一樣，不切實際。你甚至沒有可能知道靈光會在何時何地出現，甚至可能是世界外的東西觸發的。要去理解它，我勸你不如早日轉去宗教學系，或者心理學系，即便那些學科或許有時『言不及義』，我指字面上的意思。你們現在錯演著不屬於你們的角色。也許你應該去當搬運工人或者建築工人。我有一位學生申請退學，徹底離開了這所人們說是最好但我們心知虛實的古英格蘭大學，去魚罐頭加工廠工作了。依我看來，他比你還要接近真理。」

河的另一邊是歷史悠久的聖堂。它的倒影在人們泛舟的河水上飄搖。聖堂的鐘聲響起，一隊穿著白色長袍的學生並排進場，準備頌唱詩歌。置身在宏偉的歌德式建築群之中，步行觀賞本是美事，有一種位移之餘也在穿越時光的錯亂感覺。保養得宜的一片草地青翠，樓房在黃昏斜陽下照成的米泥色，河水碧綠，色彩在世界

The Treatise's Strings: Babelians

自顧自地流動，托浮平船，濺動垂柳。

遊人在愉快地耍樂，而猶太人很不中聽的話在我心坎中震盪著，美境於我再無意義。真理？我好像為了維持光鮮的生活，正踏在另一條路上。跟外面所有人，包括謝西嘉和其他知己，我並沒有說出心底話。不過我是心知肚明的，我做的研究雖未必是垃圾，但也不會流芳百世。我甚至不是在關心社會。我固然不會在爭取機會時這樣演說，但我心裡是知道的。我以前在考察現場時，有防暴軍警，有催淚彈，有分不到是否槍聲的巨響。身處危境中，反而感到生命的存在，以及那說不清但深刻的真理。現在從事的工作也是我擅長的事，不過不是我的潛能所在。幫助世界？我可以這樣說，卻不可以這樣想。我永遠無法對自己不誠實，因為內心比我更早知道這惡意在蠢蠢欲動。這些統統記錄在案，就在我的心靈上。

我只是一團披著愚獸皮的記憶體。

我們路過數學橋，那建築是古英格蘭大學的著名景點，傳說建造它時沒有用上一口釘子。通過了橋，來到內庭。這是一座古羅馬式的深褐色磚砌建築物，四周是拱形的通道，小柱子上都是木雕。庭園裡種了不少花朵，在天空襯托下本來是美好靜謐的空間。我有點承受不了他不停的抱怨和指罵，找了其中一個小石級坐下，嘆了口氣。「你和你身邊的團隊，是一群蠢驢，企圖扮演上帝，令人噁心地不光采。」他繼續說：「你們知道『遊戲』是甚麼意思嗎？即使我很榮幸，你使用了我的概念，可是我不覺得你們把智力和壽命加起來，便可以接近或理解我所說的。」可能見我有點沮喪，他安靜了半晌，細聲說：「我收回剛才的話。」

我舉起頭，半求饒地看他那張躁狂的臉，反而被看出了對名利和安逸的貪婪，以及因此而生的懦弱迂腐，於是他又說：「我收回剛才的話，因為我錯舉了前提。我為了不想傷害一個真正的朋友而說了謊，冒犯了造物主，祂看我，就好像我看你一樣。『即使我很榮幸你使用了我的概念』？不！絕不！我感到羞恥！我寧願這間大學資質最差的人——而我知道你團隊中的韋特就是這種人：不折

不扣的機會主義者，沒有任何倫理，早晚出賣身邊人，還推搪責任的賤民——去使用我的東西。我情願他們用錯了，用差了，也不想你用在自以為是對的地方，去做出那些東西。

這世界有很美好的一面，也有很醜惡的一面。人類可以選擇為哪一邊而生，為哪一邊而死，只不過，任何人都沒有權去妄圖超越這種自由。縱然知道世界快塌下了，也不應該玷污它。這是生而為人最根本的責任。」

我和他因而鬧翻。後來，我開始日以繼夜地在地圖局工作。隨著我們疏遠，我也刻意淡忘他的話了。犯法行為不是重點，地圖也不是。技術、理論、說辭，統統都不是重點。重點從來是罪，這才是核心關懷。在犯罪地圖局工作的我，明明沒有做甚麼壞事，卻也好像沒有遠離它。我只是拿著不為真理的工資，辭退不應辭退的人，過著不辛勞的生活，維持不自覺齷齪的人格，難道這就是錯嗎？

我望出辦公室的窗戶外。兩旁的建築一直伸展到黑暗之中。建築物亮著燈，一點一點的燈連成了兩條黃光虛線，就好像機場跑道的兩旁，燈光指引著方向，可是飛機若不躍升，一頭衝過去，迎接它的便是死亡。窗戶上，兩條線中間的黑暗空間中，反射出我的鏡影輪廓。可能是因為夜了，也可能是因為我在順應麻木之後開始內疚了，我覺得眼前的影像很陌生，好像電腦屏幕滯後似的。

兩旁的新古典樣式樓房是很美觀和很得體的，我想在這裡工作的人都應該會很滿足，也應該要很知足吧。天空是澄淨的，從看到月亮，到隱約看到一點星光，再到看見浩瀚星海，我不太知道我經歷的、看到的、感到的這一切是為了甚麼。很遠很遠處，燈前閃過一個黑影，那可能是在我們這範圍內生活的小鹿，也可能是我眼花了。那「小鹿」好像跑到巨型的石柱子邊，去吃底座前的雜草。之後跳著跳著，又停了下來，似乎望著些甚麼。

我靈機一觸，像想起了甚麼。我走出自己的辦公室，來到助理的位置。她的電腦前放著明早開會要用的文件，以及幾張筆記。

The Treatise's Strings: Babelians

我翻開紙張，找到她寫下來的電腦密碼。登入後，我依著今晚狀況的編號打開有關的文件夾。跟早前預計的一樣，因強行拔掉電源，有些資料已經不能還原了。可以馬上打開的完整檔案，就只剩下幾個。我打開其中一個，那是紀錄檔。原來系統大概在今晚我洗澡的時候，發現一個異常情況，馬上通知了我們，也開始修復。檔案中未有列明詳細資料，只記下了簡單的事故原因，也就是負荷問題。

我再打開另外一些完整檔，調查一下當時正在處理的模擬案件。有一件發生在市中心一條後巷的縱火案，附件中的影片顯示一個滿臉鬍子，衣衫襤褸的壯漢，燃燒了那裡的垃圾堆。我看了兩次，覺得沒甚麼可疑；接著是一宗打劫案，在城內另一區，一個有吸毒背景的女人疑似在用藥後，推倒了另一位市民，搶走了她的財物。我又調查了其他幾宗模擬案件，都看不出甚麼端倪。

接著我又打開了另一宗案件。系統在這個文件夾的子紀錄檔，寫下了很多個迴圈，顯示系統曾不斷嘗試糾正一些情況，直到自行修復程式按編好的程序介入為止。看來，出事的就是這裡了。雖說是可以打開的完整檔案，但也有部分需要加上其他資料才能構成有意義的內容。這不算豐收，但至少發現異常情況出現的時間是現在，而不是過去，這是合理的，因為人工智能系統不會主動重新檢查過去的資訊。這裡的問題，似乎是在今天較早前，系統發現當時出現了一個跟現存資料有衝突的東西。

出現問題的地方，竟然是古英格蘭大學。

這怎麼可能？系統會調查這一帶，意味著這裡可能有罪惡將會發生。可是除了出外跟謝西嘉吃飯，其他時間我都在辦公室內，辦公室人不多，也沒甚麼異常。這一晚發生的事頗多，我不太摸得著頭腦，今次倒是我的腦袋超負荷了。到底正在發生甚麼？接下來又會發生甚麼？今晚發生的事情彼此間有沒有關連？還是像謝西嘉想的一樣，助理真的想要偷東西了，所以引發系統產生了模擬案件？我想不過來，且開始頭痛，立即吃了點止痛藥。

我想想，韋特可能還在。或許可以找他商量商量？我撥了內線

電話。第一次他正在通話，到第二次，他才接聽了我的來電。

「這麼晚你在跟誰通話？」

「啊 …… 沒有啊，就是家人吧。」

「你跟家人不是已沒有來往嗎？」

「也還有一些親戚嘛，不太熟就是了 …… 因此剛才我見到是你打來，也不好意思把電話掛掉。」

「哦。你過來，我們商量點事？」

「放工了，現在甚麼時間了？明天再說好不好？」

「不是，我剛才調查了一下助理的電腦，大概掌握了今晚事情的來龍去脈。」

「甚麼？啊 …… 好，我馬上過來。」

韋特從自己的辦公室走過來助理的位置，揉著眼睛問：「是甚麼情況？」

「系統出現了異常之後，我不是大膽作出一個假設，提出會不會是由於『過去』發生了改變嗎？你看看這裡，像不像？」

他查閱了一下這檔案，臉色變得嚴肅起來，可見事態的確嚴重。他又問：「你是剛剛發現的嗎？」

我點頭。

「助理也還未知道？」

「我猜還未。我把她辭退了，是謝西嘉的主意。」

「是嗎 …… 那不壞。別誤會我，我不是壞心腸的人，跟你共事這麼久了，你應該知道我為人。她平時也對我們挺好的。你還記得那次我生日嗎？她買了一個粉紅色獨角獸蛋糕。哈哈 …… 只是，如果要找個人負責的話，當然不要找我們自己人開刀，不是嗎？很快又表現評核，你應該又會升職，我可不想冒險 ……」

「我明白，」話未說完，我便感到有點不對勁，不過我嘗試先不管助理的事，說道：「現在問題是，這裡可能將有事情發生。我們暫時還未知道詳情，畢竟檔案未必修復得到 ……」

「那麼我們馬上通知保安部，先加強保安。最好也通知委員

The Treatise's Strings: Babelians

會，給高層施點壓力。」

「等等，等等。你說的是對的，可是是否應該先調查眼前發生甚麼事？我們在說的是犯罪地圖局，如果這裡出事了，那麼地圖局、執法人員、法庭，還有市民、疑犯，一環扣著一環，牽連會很大。」

「且慢，我們剛剛不是已解決了問題嗎？」

我不懂，指向屏幕。

「我們早已經發現了異樣，今晚的事不是意外，是捕鼠器，用來活捉那隻偷偷摸摸的老鼠。」

「等一等……」

「你讓我說完。現在只有這樣一直推演下去，才不會顯得可疑。否則為甚麼在這情況突然辭退一個一直受同事愛戴，工作表現不錯的人？你是說你純粹想找個替死鬼嗎？僱員合約有訂明的，即使離職了，我們也有追究的權利，謝西……」

「她找過你？」

「該死的。」

「是你告訴她？就在剛才？」

「你不會以為你那超級強勢的未婚妻，會放過任何監視你的機會吧？不是我也會有另一個人。你應該慶幸，我可沒有出賣過你。當然，你一直也很循規蹈矩。」

我不知該如何反應。

「她也只是關心你。」

「還是關心自己的面子、家族的影響力？」

「你這樣說可不對，沒有她穿針引線，又怎會有我們這計劃？成熟點吧，兄弟。」

「如果我出事了……等等，不會是……不會的。但當初她跟我一起就是為了加強她家族在這領域的權力……」

「你太累了，事情未必是這樣的。看，你現在活得很好啊，不只是經濟方面的。有人關心你，還有她的親朋好友，都對你很好。

之前我們在大學住宿的時候呢？身邊最關心你的人，不就只是每週來一次的清潔工嗎？」

「都是因為利益。」

「你得清醒一點，如果我是你，我可不會去破壞這些東西。事情過去了，我們都要翻頁。是的，出了些問題，我們一筆一筆、一頁一頁地做好。我指，你想想，沒有她的話，我們會怎樣，你又是甚麼⋯⋯噢，對不起，對不起。我真不該這樣說。」韋特打了自己一個耳光。我按捺不住了，不想再聽到他的聲音，也不想理解他的話。我離開校園，去找車子。保安員想把我截住：「先生，這段時間是宵禁期，地磁風暴有可能產生危險⋯⋯先生，請你停下來，先生！」

我一直駛往公路，無法相信一個晚上可以發生這麼多事，好像把人生中不少的離奇轉折都放在一起，要測試我的容忍程度和應變能力。沿海港而建的這一條高架天橋，左邊是海港，右邊是高樓大廈。我剛駛過一座山，見對岸山雨欲來，而且我不想因違反宵禁而惹上麻煩，便踏下油門加速奔馳。夜路上偶爾見到零丁的車輛，他們都有重要事？還是都在想著如何逃離現況？

我來到謝西嘉的別墅。這是一座在半山的白色雅致房子，有三層樓高，以前曾是總統府。本來這是她家族的度假地點，不過後來謝西嘉在出外公幹之前，為了縮短到機場的路程，很多時會過來住。

「這麼晚來？先生，請進。」保安開門，見我怒氣沖沖的，問：「有甚麼可以幫忙？」

「沒有，工作上不順利。」我隨便回答。

「你們還年輕，還有時間啊。」

保安對其他下人向來和善，我想也是因為工資吧。我平時也對他們有禮，可是今天我真的沒有這種偽裝的心情。我為何要為了下人假裝成特別有禮貌的模樣？難道我連下人都不如？

「你不用應酬我，讓我自己來。」

「可是……」

我停下來，死盯著他，斥責道：「滾回去你的狗窩。」

他難以置信，想張開嘴，但看來是馬上想到自己優厚的待遇，又不敢得罪將來的男主人，便強顏歡笑地退下。

我不想直接用鑰匙打開門，便走到大宅前按鈴。我想她可能在睡？往後退了幾步，見她書房的燈正亮著，便打電話給她。

「我知道你會來。我正在準備工作上的簡報，快做好了，你等我十五分鐘。」我還未說話，她便掛了電話。

我就這樣看著大宅前的游泳池，莫名其妙地消了一點氣。

「外面冷，你要小心身體。」她不消一會便來開門，把羊毛毯披到我的肩上，說：「不要凍壞我的未婚夫。」

我的氣幾乎全消了。

「坐。我等會要坐飛機，你就在這裡睡吧。」她給我倒了一杯茶。

我反倒不好意思。可是，這會不會是她的把戲？

「才不是把戲呢。」

「我有這麼容易看通嗎？」

她俯身向前，握著我的手說：「重要嗎？這些沒完沒了的東西。」她又輕撥我的頭髮。「要剪頭髮了，趁我不在的這幾天，我叫管家把乾洗和髮型師安排好。你專心工作，他會通知你和來接你。」

「你在利用我嗎？」

「你又不是總統，又不是將軍。我討好你做甚麼？」她向我微笑說：「在其他人眼中你是個很認真的思想家，沒人明白你的理論。在我眼中，你只是個大小孩。」

我似乎已經忘了來此的目的。縱使我想開口問清楚關於韋特的事情，可是不會想得出甚麼，也似乎沒甚麼好問的。她從小就與政商圈大人物為伍，說話技巧有時太成熟，使人無法拒絕。就好像今晚的對話，很寫實，好像每次我問到重點，她便不慌不忙

地回應。這些都不是裝出來的，不是刻意建構出的性格，而是順著事情發展，便自自然然地說出來，讓我聽進去。其實大家都是這樣說話的，只是像我這種性格，非要把事情想得太過複雜，才會認為這彷彿是上天有指令去考驗到底我是一個怎樣的人，又想成為一個怎樣的人。

「你是個理智的人，就算再來一次，再來十次，你都會這樣做的，不是嗎？你是有重大任務要做的人，你出生就有這些天賦，是為了成就更大、更高的目標。今次只是一件小事。你應該把心思放在更重要的事上。」

她說服了我，我好像確實沒有甚麼好生氣的。這些事都不要緊。生存對我來說從來不是問題。對我來說，沒甚麼是大問題，除非我失去現在的所有，可是那有可能嗎？不太可能。即使我真的要放棄所有東西，失掉所有優勢，也要用上一段時間。只要我正常地走下去，選擇不要管閒事，選擇不要理言不及義的那些無謂東西，一切「順其自然」的話，我不可能失敗。

「你想太多了。親愛的，我們睡覺吧。」

就這麼容易嗎？我特意開車過來，就是想爭取一點自主的空間。就這麼容易就被眼前的美好馴服嗎？我以為自己思考得很複雜，原來還是很簡單。簡單的生活，不用想太多凡塵俗事，我想她是對的，再選十次，我還是會這樣選。外面那些下人、被辭掉的助理，根本都不是甚麼人。以古希臘的說法，他們這些沒有閒暇去從事人文、藝術、哲思，朝不保夕的人，甚至稱不上是一個全人。

經過了今天的事，我躺在牀上，看著天花上的細緻浮雕和吊燈在沉思。我沒戴眼鏡，看不清周圍，只知道天花的水晶吊燈正在無誤地反映著一盞繁我。我是誰？一個人？人是甚麼？是否好像猶太朋友所說的，有一種「生而為人的最根本責任」？做得到就是人，做不到，便稱不上是人？

又假如說，有天人類可以將身、心、靈分割，掛名牌的人，應該往三者都掛上同一個名字嗎？那麼曾犯過的事呢？我可以說

The Treatise's Strings: Babelians

這是我右手的錯，左腦的罪，一刀刺下，捨割掉，其他部分就再無牽連？

大學刊物訪問中，猶太朋友也說過這段話。世間上的意義都是由人實踐出來的。好像那個我們叫做「花瓶」的東西，即使在常理內，它已經有一個典型的模樣，假如我們用來盛湯，它便不再是「花瓶」；也或者，有人造出一個湯碗形狀的東西，用來插小朵的黃花，那麼它也成了一個「花瓶」而不是湯碗。

讓我們假設，意識、人、靈魂，任稱呼者想怎樣叫，都遵守著這樣的規則。那麼罪孽，即是改變了那原先叫「靈魂」的東西，也是實踐出來、並無本身含意的。他說的「玷污」，也算不上一種把事物弄髒的過程，而是人們的詮釋。那麼是否存在一種罪，廣泛稱之為「原罪」的這種罪，是無法透過詮釋而掙脫的？假如犯過錯便補救，傷害完人便安慰，說了謊便將錯就錯，人能夠否作當初的過失嗎？

看完那篇訪問之後，我方知道，事實比我想的更複雜。不僅僅是我們造了這些程式和裝置，或者想扮演上帝。我很清楚自己並無這樣的想法，至於韋特，他可能有點自戀，也有點自私，但也不至於要做那種挑戰上帝的瘋狂科學家。

就在系統一格格地上載完成的那一刻，我將之前心中的想法，如實地公開在世人面前。任誰每天都有無數的念頭閃過。我們不是完美的，總有很多善良的念頭，也有很多惡毒的、使人自卑的念頭。只有真的做了出來，事情才是無可挽救。說出的話，做過的事，是無法按鍵撤銷的。即使大環境控制了所有事情，例如城市的氛圍、多擾的政治、經濟生活條件，人還是有在劇本中書說自己故事的可能。這也許只是一種庸俗的希望，可是也是真實的。謝西嘉沒有逼我，是我自己解聘助手的；罪犯也沒有逼我，是我自己想爬上去的。是我在一步步成就自己，成就那叫做「我」的結果。

而這個叫做「我」的東西，是不存在「身不由己」的，除非身體癱瘓，已經不由自己控制了，也無法表達，無法改變任何東西。

其他所有情況，都是一廂情願。人會飽受失敗、貧窮、侮辱，如何反應、如何進化，都是在於每一小刻，每一微秒。和盤托出，覆水，非不能收。

事後或許有所責承，美好日子或者完結。假如這些才是那人說「身不由己」的原因，他們只是繼續編藉口，增添自己的罪，鋪展通往地獄的路。

令猶太朋友感到最不安的，是我真的做了決定，按下了按鈕。通過不了考驗，我還是我。我的世界還是沒有改變。很容易忽略的一點是，科技進步了，人類行為的目的和本質卻是純粹的。我們以為技術會改變人類，其實那只是表面的形式部分，我們的世界還是沒有改變。

他在訪問中歸納研究所得說，巴別人不是倒模而成，他們有著眾生相，有集體特質，但不能一概而論。可是共通點是，他們有人狂妄，挑戰上帝，並建通天塔，想直通天堂俯視萬物；有人在一旁叫囂；有人冷眼旁觀。所有人看似在做不同的事，實際同樣不去自省，任由事情發展。世人從此帶罪，世間從此分了種族，分了語言口音。是共業，任何當代人都開脫不了，正如任何後代也無法擺脫。這是公道的。因為，這就是「我們」的世界。是我們行了惡，是我們得了教訓，是我們選擇沒有阻止，是我們坐看興衰。

身、心、靈，我、你、他，都不重要，因為全都有罪。

「巴別」在希伯來文中原指「神聖大門」，並非貶義。最後高樓被上帝使風吹毀，人類亦從此說不同的語言，不能自由溝通。跟所有人類一樣，他們偶然充滿惡念，但罪絕不至死。古米歇爾人聖經經文中，巴別人的未來已成鐵定之事，似乎也預言著人類的命運。

夜色最沉的時刻，太陽發出的第一絲晨光正準備映照大地。

四

PT1-29

太陽系之外的黑暗深處，有一艘太空船正在努力前進。

壯麗的銀河系就在它背後，由環抱到目送其離開，已經有一段日子。回頭一看會見到銀河的全貌——一個螺旋型的巨型星群。隨著距離漸遠，星群逐漸化成一顆微粒，再化成黑天幕上僅僅一顆光點，伴隨著旁邊千億顆星星，散落在奇觀宇宙之中。

真空的環境令太空船駛過時安靜無比。跟電影製作的聲效不同，這裡因為缺乏空氣粒子，所以聲音無法傳播，也就沒有聲音這回事了。有機艙成員向圓形玻璃窗外望，一個大小跟地球相若的星球就在旁邊，另一個太陽把它照射得眩暈飽滿。

在橙黃色的星球襯托下，星雲顯得份外神祕。有些星雲是超新星爆炸後的殘骸，也有些是由紅巨星轉化而成。它們有的像是七彩宇宙背景上塗抹的一大筆暗色雲氣，無法完全界定它的範圍；有的像一股電磁波，散發著詭異的螢光色：粉紅、青綠、靛藍、鮮黃等等；有的像是深邃的貓眼睛，直睹觀者的靈魂。

宇宙像是無窮無盡的。似乎沒有人知道它的邊界，又會在大爆炸之後繼續擴大多久。在浩瀚的星海裡，萬物都變得很渺小，任務卻變得更重要。因為已沒有轉身離開的餘地了。

太空船由一節節的機身組合而成，上面印上了六個世界大國的旗幟，這些國家包括新英格蘭。這肯定是新英格蘭的標誌史上離國家、離地球最遠的一次。船的體積比以往製造過的都要龐大。推進器在猛力地提供動力，推動它上面的機艙。

它的主要機艙大概有三十層樓高。外型像一粒巨大的藥丸。為了節省能源以及據最實際的計算和考量，它外面沒有任何多餘的部件。尤其在完全遠離人類文明的太空深處，由於沒有任何常識中可以用來比較大小的參考，看起來平凡得像是一種普及的家庭電器。

太空船本來均以均速一路向前移動。過了不久，便見它減慢了速度。它面前的漆黑，好像比之前一直見到的更深沉、更純粹，簡直似是一種屬於色碼表上絕對值的黑色。太空船上的探勘裝置轉正，想要在進發之前得到更多資訊。同時它的機身兩側也打開了，排出

了一些氣體，想幫助船身快一點停下來。

　　根據理論，宇宙是由一個質量無限大，體積無限小的狀態開始。之後由於暫時不明的原因，在一瞬間快速地膨脹。時至今日，從天文觀測中，可以得知宇宙仍在膨脹中。經過了上百億年的時間，形成了各種粒子、各種星球、各種生命。現在稱為「人類」、寄居在地球的生命體，在漫長得不見盡頭的宇宙歷史中，他們最初的舊石器文明只出現在短短二百萬年前，之後才有了各種科學、各種藝術、各種思想、各種爭戰與文明、各種情感、各種榮耀與罪孽 …… 以上這些不少人看得比生命更重要的東西，統統發生在時間長廊中，小得看不見的半步之遙。

　　宇宙自在活著，彷彿沒有明天地優游上湧；倒浪潛伏在無物之外，等待奇點一瞬叛逆而至。既然它可以從一個無限小的形態開始，它也大可因同樣不知名的原因塌縮，沒有人知道何時發生，又或者怎樣才會發生。同時也沒有人可以預知和得知，塌縮的邊緣會發生甚麼事。

　　太空船來不及煞停，它前方的黑暗中居然有一個像波浪的網，在它最前端的船尖處，好像芭蕾舞者的腳尖，跳起來之後重新觸到水面，散發出漣漪。四周的「空氣」瀰漫著一股股立體、不真實的灰白色波紋，帶著能量，牽動四周真空，初時像風吹拂，後來間條轉化成滿天方方正正的黑白雪花，像風暴一把把地狠狠颳在船身上。船身用先進的物料所造，它已經盡力堅持了之前的長途旅程，上面有著作戰和磨折的痕跡。不消一會，太空船上的金屬接二連三地脫落，剩餘的也再抵抗不了雪風暴來襲，堅守不下去。因為沒有可燃的空氣，所以整艘船似乎只可以短促而自我約束地爆炸毀滅。不過沒有發生。

　　四周鴉雀無聲。

　　這時，在畫面的一隅，飄浮著一個及時從機身側面的排氣口逃生的太空人。眼前突如其來的災厄，全在他的眼罩上反映出對比極致的黑白色。他轉身逃去，發現四野坍塌的速度遠超他所想。一念

之間，彷彿絕對黑色已趨到其鼻尖之前。他伸出手，想觸摸那片無物之物，卻甚麼都觸不到。他的身體已經被時空扭曲，也像邪靈附身一樣，無法動彈，無法說話。整副身軀弔詭地像靠在平緩的草坡上，在畫面的左下方，往對角伸盡左臂，伸出食指。

無名處像空洞的回聲筒，沒有接觸，沒有黑洞，沒有答話，沒有審判。一切歸於絕對寂靜。

一塊鐵板被扭曲的時空彈到遠處，無重地飄浮著，上面印著太空船編號：「PT1-29」。

同樣的編號出現在老人巴沙爾以遙控按停的畫面左上角。林先生當時在吃漢堡餐，倒沒有太在意旁邊發生的事。屏幕上發生的是另一個世界發生的事，對他來說那些事情都十分遙遠，他在意的只是眼前的事物，以及手上那鮮味多汁的龍蝦漢堡，並沒有其他奢求。那時他沒想到，這些都跟接下來的命運有關。

手稿雖然完好且乾淨，可是內容專門又冷僻，也跟繁多的文獻有關，林先生讀不懂，需要義人解釋和翻譯。林先生坐公共交通工具回去詩歌舞區，打開了錢包，想了想，整理一下制服外套，在路邊的小販檔隨便拿了一瓶水，心想早知道便順手把剩下的花都礦泉水拿走。他又回想剛才在古物店的經歷，感到被人牽著鼻子走，尊嚴有點受挫。

凌晨的詩歌舞區是不夜城。路上他見到不少人吸毒後興奮地活動。有一個人正在歡呼聲中不停把頭往燈柱上撞，臉上全是血都在所不計；另一個則不停親吻行人路，接著對天禱告傻笑。林先生不知道他們這亢奮的精神狀態會維持多久，還是這就是他們的日常狀態。

旁邊的小公園內，有一班童黨在玩滑板。他們有人染了一頭粉紅色、往上梳理的短髮，身旁的朋友則染了鮮綠色；有的戴著滿身銀項鍊銀戒指等銀器；有的索性赤裸上身，只穿著一條短褲，便往斜坡上猛衝。粉紅頭髮的青年留意到林先生，便用兩手擺成不文手勢。他身邊的綠髮朋友連同其他人一見林先生的外型和制服，便

The Treatise's Strings: Babelians

連忙制止他。

林先生走近他們，放下箱子，打開公園的閘門，指指那粉紅頭髮的青年命他過來。在冷天氣下，青年只穿著一件白背心，因為在運動中，所以吐著白氣。他滿臉不屑。林先生往下指，有一塊融化的糖果正黏在地上。旁邊的朋友想打圓場：「對不起，讓我們來。」

「我有叫你嗎？」

朋友被其他人拉走，全部人畏懼地望著再指了指地下的林先生。

青年繼續一副不屑的表情，彎腰想清潔污垢。林先生在他彎腰時一把抓住他的後頸，用體重將他整個人壓下，單膝跪在他背上，青年的臉朝地，整個人不能動彈。林先生從他口袋中找到一袋屬於違禁品的高濃度毒品。友人們想制止，但都敢怒不敢言。青年被抓著，臉不斷被壓在地上磨擦，他大叫救命。公園外也有路人望見，卻在趁熱鬧，沒有人過來幫忙。青年繼續大叫，在地上磨出了一些血跡，還有明顯才剛磨出來的新鮮表皮。林先生再壓著他的臉來回一會才放手，讓他大叫掙扎著坐到一旁。

林先生知道他們想逃離現實，一班人的時候好像無所畏懼，製造出自己的氛圍和空間。他不是無緣無故想教訓這些小孩 …… 還是因為莫名的憤怒？他也不在乎自己多一點或少一點罪，更不在乎有否犯下搜查隊行為守則，或者甚麼濫用權力之類道德上的課題。他只是感到自己被控制，感到自己的人生有點責任要去負，也想去感受和釋放人應有的憤恨。跟很多衝動犯事的輕罪犯人一樣，他自己也說不清楚。或許到頭來，他討厭自己。

回到表叔家，表叔正在看電視，桌上都是食物和飲料的包裝。這些便宜的飲食多沒營養，而且對人的身心狀況會產生負面的影響。他們這階級沒有太多選擇。表叔自說自話：「回來也不打個招呼，跟狗住好過跟你住。」

林先生舉著紙箱，回過頭望向表叔。表叔見他一臉深沉，像個機械人一樣沒有血色，捧箱的雙手又有點紅腫，似乎剛打完架，便

結結巴巴地說：「我在說電視裡的人，你不要對號入座啊。」

　　回到房間中，望見窗簾低垂，林先生便把窗簾一節節地往上捲起，看看窗外，好像也是跟室內一樣，稀鬆平常的雜亂，已經不是稍加修整就能回復正常的狀態。他把箱子放到牀上，好奇地翻閱一下裡面的文件，試著閱讀目錄：

「……

第四節　正統弦 LEGITIMIST STRINGS

第五節　原理 THE MECHANISM

第六節　重塑核心價值 TRANSLATION OF DIMENSIONS

……

第九節　海的邊界 THE BOUNDARY OF WATERS

總　結　普尼斯雅拿之路」

　　林先生看著目錄，已經覺得一頭霧水。海的邊界？甚麼混帳東西？還有甚麼叫正統弦？林先生往房間一旁搖搖欲墜的架上，拿了以前在證物室挪為己用的字典，發現「DIMENSIONS」除了指事情的方面之外，還有空間維度的意思。因此「TRANSLATION OF DIMENSIONS」除了指重塑核心價值，還可以指空間維度轉化。於是他便翻去第二章開頭，從第四節開始，想讀個究竟：

第四節　　　　　　　　正統弦

「好奇一點，再好奇一點。」——《愛麗絲夢遊仙境》

　　當人們運用正統弦框架，便很容易會遇到一個有關具體清晰度的問題。為了更清楚地表達正統觀，這裡嘗試了發展特定正統性和其純邏輯表達方式。由於有多組棋手、舉動和規則，觀測者必須陳明其參照點，以及他參考的一系列規則，即參照系。也許要完全同意這個或那個認受性是幾乎不可能的。這個「不易妥協」的特質，關乎各式各樣的生活，從日常使用，到學術辯論不一而足。（縱然

The Treatise's Strings: Babelians

準則上完全一致是不必要的。可參考「家族類似性」。）

　　在正統弦場景中，舉動由棋手作出。這些命題可能被偽裝成想被接納的真理。所有人都想成為正當的那位，也會有一種「你知道我是正義和正確的一方」的傾向；我們天生不會做與自己意願相反的事。為了揭露真相，一個觀測也必然是一個在其特定場景內為之適合的主張。只有結果是在主張而非在描述時，才可堪深邃思考；只在描述，結果便淪為顯而易見之事物。

　　正統性通常是一個就特定場景而言的主張，而不是一個單獨存在的本體。因此，假設 x、y、z 為非休眠棋手，特定正統性 L 必然地具有以下形式：基於觀測者 z 的參照系，x 對於 y 的正統性。只要 z 一開始觀察，他便一定不再是休眠棋手。

　　在數學的集合論中，一個集內的元素可以是數字，好像一、五或正整數。他們也可以是對象，好像蘋果、Δ 或者高興。而上述的 L 則是一個概念。假設 n 為一個特定場景內的活躍與非活躍棋手總數（即所有非休眠棋手）及 P 是一組棋手，

$$P = \{p_i | i \in N^*,\ 1 \leq i \leq n\},$$
$$\forall x, y, z \in P,$$

$\exists L(x, y, z): L$ 為基於觀測者 z 的參照系，x 對於 y 的正統性。

　　以一樣的陳述，可輕易地發現特定正統性數目為 n^3。因此，可設想成一個三維立方體。這個巨型立方的長、闊、高皆為 n 個單位。如果 n 是十，這就會是一個長、闊、高皆為十個單位的立方體。現在想像每個座標都放上了一個抽屜，上述這個立方體便包含了 10^3 個抽屜，即是含有一千種特定正統性。舉一個特例，x、y、z 可以是同一棋手，這情況下特定正統性即是他觀察自己時的自我正統性。

　　理論概念上，對所有正統者持有人、觀眾、觀測者而言的正統性，即廣義正統性為：

$$\prod_{x,y,z\in P} G(x, y, z) = \{L(x, y, z)_{x,y,z\in P}; \ \forall x, y, z\in P, \ L(x, y, z)\in G(x, y, z)\}$$

x 的正統性的一般概念，即 $\tilde{x}\in P$，為：

$$\prod_{y,z\in P} G(\tilde{x}, y, z) = \{L(\tilde{x}, y, z)_{y,z\in P}; \ \forall y, z\in P, \ L(\tilde{x}, y, z)\in G(\tilde{x}, y, z)\}$$

x 對於 y 的正統性的一般概念，即 $\tilde{x}, \tilde{y}\in P$，為：

$$\prod_{z\in P} G(\tilde{x}, \tilde{y}, z) = \{L(\tilde{x}, \tilde{y}, z)_{z\in P}; \ \forall z\in P, \ L(\tilde{x}, \tilde{y}, z)\in G(\tilde{x}, \tilde{y}, z)\}$$

要記得，G 也是一個集；L 是一個對象，本質上是一個概念。它們並非數字或數字的總和。基於觀測者 z 的參系系，x 對於 y 的正統性這個概念，即 $\tilde{x}, \tilde{y}, \tilde{z}\in P$，可被簡單表達為 $L (x,y,z)$。試想像特定正統性的總數目 (n^3) 為一個處於三維歐幾里得空間的立方體，$\prod_{y,z\in P} G(\tilde{x}, y, z)$ 就是一塊面積，$\prod_{z\in P} G(\tilde{x}, \tilde{y}, z)$ 就是一條線，$L (x,y,z)$ 就是一個點。

經過這一節的討論，應該會更有信心清晰和有邏輯地言明正統性。我表達了這個框架可以導出對正統性眾多面向更有邏輯的討論。正如以上所見，特定正統性有很多個。基於現實考量，不可能每次都窮盡所有可能性，去討論和分析所有可能出現的正統性。不過，如要言明正統弦，便要先找出在討論的是哪一個正統性。這很重要，也是有可能的。

試想想，如果擁有比現時科技大數千、數萬倍的數據儲存和運算能力，以及可以自行運作、修復、進行稱為「思考」的工作的機器，便可以發展出一個前所未見的模型。這個模型的用途可以十分廣泛，包括政府管治、防止犯罪、改善社交障礙等等。

現在嘗試再進一步，將立方體的抽屜內的對象，從蘋果、Δ 或者高興一類，替換成「弦」，看看會有甚麼新發現。必須注意，這無疑是一個比喻框架，讓人更易理解當中發生的事，跟前文用上數學的集合論一樣，不代表是以量性解決質性問題，也不代表要用物

The Treatise's Strings: Babelians

理來解釋人類行為，而是從恰當的體系中尋找思考用的資源。同時，若研究的場景不具備策略性互動、流動性、多樣性的特質，也不能運用這框架。

先幻想把一個桌球撞向另一個桌球，會發出聲響，碰撞之後它們會偏離原本的路徑。如果一個蘋果撞到另一個蘋果，它可能會被撞壞，有瘀痕，甚至裂開，之後慢慢滾動直至停下來為止。當棋手作出舉動，兩者也可能會產生「微妙」的變化。姑且拋開黑白對錯或者大開大合的情感，又或者有了記憶和經歷之後可見或難以言喻的改變，畢竟永沒有人知道人改變行為模式的臨界點在哪裡。

試用弦這個概念，好像音樂符號去想像。撥弦至某頻率，便會有某個音出現。於是現在先把棋手 x、y、z 轉換成弦 x、y、z。x 對 y 作出一個舉動，有短暫的共鳴共震，接著偏離了原本位置，繼續前進，軌跡看起來像個交叉。現在想像交叉軌跡上是一個個一維的弦、一個個環在移動。一個環慢慢靠近另一個環，短暫交接，再慢慢各自移開。把每個時間段放在同一張圖上，便像彈簧一樣，它們一起震動時，就像一條較粗的環。之後兩條彈簧看起來朝原本的方向前進，不過頻率可能有了些微不同，只有最靈敏的調音師可分辨。

現在再將同一張時間圖的時間點細分，再看不到一個接著一個，而是一個個密密麻麻的環，形成一整條金屬隧道，即正統弦世界片。可以將它幻想成一張光碟，而它帶著的資訊便可看成一段連續的歷史，於是便有了人類如何理解和接受彼此的紀錄。這條弦可能只有戛然而止的一小段，更可能是一條閉合、首尾連結的整體。想像手上有一條橡皮筋，把它不斷扭曲和套進去，最後那糾纏物，就是很多錯綜複雜的策略性互動的資訊，一條反覆交錯、連綿的歷史段總和。

這些資訊不是全都依據著現實中的時間去排列的，因此要了解它，必須先拋開固有的時間觀念。

時間的標記不是時間本身。看著手錶指針指著的刻度，是時間的標記；人們問：「告訴我現在是甚麼時間？」問的其實不是「時間」，而是標記；聖誕節、除夕、公元零年、較準確的原子時間，全是標記，參考著另一個標記。這種標記由語言轉換成可理解的模樣。而在語言中，一、二、三、四之後，並沒有邏輯規定必然是五。它也可以是四點五或者一千八百四十一。有關正統資訊的標記，是根據觀測者的語法 —— 即對他而言是對的方法 —— 來定的。正統弦世界片有充分理由以依觀測者的體系為準，是因為這是他的故事，他的思考歷史，所有感與知都記錄在案。因此對其他人來說扭曲或不合理的時間線，對他本人來說是絕對正確的一條直線。就好像一本私人的日記簿，七月十五日之後的下一頁可以出現明天、後天、九月二十日，或者去年的六月一日。在虛無的抽屜中，「總是存在著『我』，這一個在不厚重的時間觀中飄浮的存在。」人們必須接受這種跟現實感官體驗相左的複雜性、非線性和非常理性。

亡族可以在下一秒重見天日，錯過的遺憾轉眼已經還願，犯下的重罪有機會彌補。死者，也可以復生。

音樂會中，撥弦的存在建基於樂手。這是一般的理解。事實上更重要的是聽眾。弦樂是否優美？音樂會有否舉行？定義在於聽眾，即那些在觀察的人。一個觀測者，譬如 z，在觀測時有其邏輯以及整理資訊的模式，它可以是一條閉合的弦。弦上的事件可能不根據現實時間順序排列，而是根據觀測者的評估時間，一次又一次現實與模擬狀況的反饋和交錯。因此，在正統弦體系中，「可能性」是並存卻非平行的事件，它可以是一條或開放或閉合的弦。所有想像能及的可能性都在同一條弦上出現。換言之，正統弦世界片窮盡了可能性，包括那些已未發生之事。不同時空的事件甚至可以在糾纏處重疊互震，出現「弦外之音」，雖然不一定會發生。

註定扭曲的世界又如何對待真假、對錯？答案便盡在這些迴環之中。現在重新拿起之前介紹過的抽屜，假設 n 是十，便即是含

有一千種特定正統性的立方體。現在取出抽屜內的東西，換入一個個弦結，也就是每一場對於一個個觀測者、正統持有者、受眾的組合來說，獨有的歷史。每一個抽屜內也就不再是單一的概念 L，而是在橡皮筋填滿空間後，可以再按笛卡兒座標系統指明分段的歷史段。整條就如驟眼「看來」混合了不同時空、事件、舉動，具多重維度及可轉換時間線的橡皮筋，再填入一千個抽屜之中。它會隨著觀測者而一直延伸改變，情況就像音樂會的聽眾、書籍的讀者、海豚表演的觀眾一樣。

上述的受眾連續地得知或在腦內模擬了事件後得出判斷，接受一些事件是真的、對的、好的，另一些事件是假的、錯的、壞的，甚至有待或無從判斷。而這些事件都在時間攪拌器裡混和及相互起著作用，亦也許沒有根據真實時間而行。之前提過，正統論的基礎單位是人的舉動，更是主觀資訊。而且，觀測弦的某一段時，只有一個可能性，即使「理論和客觀上」弦陳述的是思考能及、已窮盡、包含現實與幻想的上千萬種可能性。因此，正統弦理論發展下去，必然是資訊科技一途。

觀讀過後，方為真實。民眾是弦世界歷史的主人。意識不是由於地球與物理產生出人而誕生，而是反過來，有了意識，浩瀚星河和歷史洪流才得以存在。越過觀測與模擬的邊界，對於世界上百、年、樹、人的瀏覽與靜觀，以及這些事物是否正當存在的研判，將全不復再，人的意識——即其宇宙中心——會逐步崩陷，整個體系也將會往內部瓦解歸零⋯⋯

林先生認識每一個字符，卻幾乎讀不懂任何一句。他甚至無從判斷這是真實的、對的內容，還是胡亂編造的。只能坦白承認因為這超出了他的理解能力，所以他目瞪口呆。可是這種也不見得有甚麼用途的東西，或許只要找對的人，便能讀出箇中含意。他閉目睡了兩、三小時，半醒後躺了一會也睡不著，便起來將剩下的紙箱推到角落，再把手稿放到粗糙的斜揹包中便出門了。

路過地下酒吧時，他想了想阿莫，不知道她今天可會駐場演唱？他摸了摸自己的口袋，發現並無閒錢，於是沒多想便繼續前行。他來到書報攤，驚訝地見到被火燒過的痕跡。善良的店主正抱著頭痛哭。

　　「發生甚麼事？」

　　店主看到林先生，便忍不住靠過來，抱著林先生繼續哭。

　　「你告訴我。」

　　「他們說我非法販賣普尼書了。」

　　一定是分租攤檔的那一個吉普賽人。可是為甚麼局方會知道？林先生心知不妙。

　　「本來只是罰款，但林先生，我沒跟你的同事說謊，我真的沒有多餘錢了，他們說的那金額，我真的付不起。結果，結果……」他已哭得快失聲。「那叫貝雅的，叫貝雅的瘋子，打完人，搶光錢之後，怕會留下罪證，說他沒有選擇，便將我的書報攤燒了。這是我半生的心血，除此之外我甚麼都沒有了。我不斷求他，不斷求，可是……」

　　吉普賽小孩站在店主旁邊，呆呆地望著林先生。店主太太知林先生也是搜查隊員，也知道丈夫向來仁慈，不應有此報，一時間不知如何反應，只對著燒得一無所剩的店攤哭泣。林先生好像現在才看清楚他們的臉，每一張臉，每一雙眼睛，每一聲悲嚎，每一個身體動作。他不知道人是否遇見痛苦，才可能有變化。不過，現在的經歷，明明之前在軍中經常都遇到，體會卻有所不同。是因為阿莫令他終於心存生有可戀的感覺嗎？也是因為這樣，他才會憎恨和教訓沒有珍惜人生的青年嗎？

　　林先生心有悸動，感到要做些甚麼。路燈在閃亮，快天光了，路上無車，店被濃煙燻黑，店主妻小悲慟著。他是這段路上唯一站著的人，手握緊拳頭，雙臂的肌肉在顫抖。帶罪的身軀背對街道屹立著。

The Treatise's Strings: Babelians

病入膏肓的都市內，大家美其名為了生存而做出不少犯法或犯罪的事。人們都太容易放過別人，太容易放過自己。沒有選擇？林先生心中幻想著貝雅正在失笑，往書報上倒上一桶桶從其他店鋪搶來的燃料，就像處於毆打流浪漢時的精神狀態一樣。甚麼叫沒有選擇？絕大部分人都不是正面對生死攸關的情況。如果他們在思索自己是否那種人，或者正找尋藉口，便肯定不在那情況當中。拜託，不要去瞞騙自己，試著去接受自己就是爛透的人。霓虹夜燈、璀璨樓群，無止境的享樂之中，紙醉金迷，聲色犬馬，直對死亡，直對貪瀆，直對不忠，直對偽善欺詐，所有的「人類感」，都被放大千億倍的都市娛樂和官能刺激消費得殆盡無幾，人們還要付賬追捧這些物質。

他們不想去觸碰自己的痛處，常說著感動感動，要哭要哭，真的知道只有廢棄的膠簾可供棲身，家當只剩一雙破舊的鞋，沒有任何財物，在沙漠中走難，是怎樣的經歷嗎？常說著加油加油，不義不義，他們曾被系統壓迫且朝不保夕，只有兩塊施捨得來且長滿發霉黑點的麵包，還無力伸冤、無力作出任何反應嗎？說著辛苦，說著報復，說著不原諒，只是誇誇其詞，他們又真的面對過死亡，發現再也無力彌補，無力索取嗎？沒有，都沒有，照照鏡子吧，自己只是一個不折不扣享受著盛世利益的雜種。不要說甚麼為追求自由而離開，不要說甚麼怕出事，不要推說為了下一代，不要說被時代巨輪碾壓，不要說敵人有多邪惡，試著直認貪生怕死，試著直認不管有沒有巨輪，自己的選擇還是一模一樣。怯懦、無能、不知所謂。

林先生沒有認為自己比其他人高尚，他沒有甚麼朋友，不會特意宣揚自己做過的好事，也不會特別掩飾自己做的壞事。他只是在生存。仔細想想，也沒甚麼努力不努力可言。有得選嗎？他不知道。可以做甚麼去彌補過往的錯嗎？也不知道。會怎麼埋單？可能有轉機？會有幸福？會被人重新接納？會重過新生？這個城市會變好？敵托邦的未來會怎樣？一個人的力量能改變甚麼？統統沒

有答案。他也不需要答案。他要的不是這些。他不須要知道劇本，也不企圖去改變甚麼，不會去控制自己和其他人的命運。他只想完成一些事。

沒有答案，就是最好的開始。彷彿終於成了一個人。

他回到搜查局，首先去查看執勤的車輛，見它早已被駛回局中。他穿過亂糟糟的走廊，進入更衣室。

「嗨，林先生，你不知道剛才那『營火派對』有多興奮！」貝雅以為上次幫忙後已跟林先生混熟，卻見來者不善，面色漸沉說：「兄弟，發生甚麼事了？你 …… 值班時間不是還未到嗎？」

旁邊其他同僚似乎也發覺情況不妙，開始停止開玩笑。

林先生不發一言，擦了擦鼻子，見貝雅想再開口，便一記重拳揮過去！貝雅身形本來就比他瘦削，脖子過分激烈地扭到右邊，他用手摸摸嘴巴，發現血流不止，還有一顆門牙甩掉了，便看著掌心大叫起來。

有些同僚想介入，被另一些同僚阻止。除了有想看好戲的，還有一個原因：他們從來未見眼前的林先生如此充滿人性，又充滿獸性。他終於不似是無目的的行屍，而是有著情感和暴力。不介入也是合理的，他們可不想捱林先生的重拳。

「你 …… 你們這些混蛋，沒有人來幫忙嗎？」貝雅見身邊有人竊笑，他抓住那人的衣領，又覺臉上腫燙，縮回手撫著嘴巴。他閃縮地望向林先生，說：「你發神經嗎？」

「你知道你做了甚麼。」

「甚麼？甚麼 …… 那該死的吉普賽人嗎？你甚麼時候開始當義工，會關懷那些該死的人？我指，他們這些卑賤的種族本來就該死啊！」

林先生又打出一重拳，擊中貝雅的腹部，馬上傳出骨裂聲。貝雅登時吐出黃膽水，混合著血，染得地上的磚塊一片黃一片紅的。貝雅張著口拼命呼吸，沿著長椅爬到一角。「是你提議的，不是嗎？那些他媽的普尼學，甚麼甚麼 …… 我幫過你，你忘了嗎 ……

是你叫我供他們出來的。啊！該死！」貝雅看來已經斷了好幾條肋骨，勉強哀求：「求你 …… 求你，不要打了。是你叫我供一個出來的，不是嗎？好了，可能是我選錯了，我不知道的 …… 求你，求你 ……」

林先生舉起手，停在半空。殺人、毆打，對他來說都不是甚麼。他也不是大仁大義或者覺得刑罰太重，他只是覺得貝雅應有此報，而他已經做了該做的事。林先生從貝雅的背包中把多出的錢拿走，至於剩下來屬於罰款金額的幾張鈔票，則被一把拍在身旁另一位同僚的胸前。他走出房間後，直到遠在搜查局的接待處還聽到貝雅的慘叫聲。

負責接待處櫃枱的職員也負責輸入案件資料，見林先生走出通道，再往自己走過來，大概知道他想做甚麼，於是從桌子上一大堆文件夾中抽出其中一份。這固然是不合程序的。「謝謝。」職員說。林先生瞄一下職員，便專心翻查資料，發現上次贈他香煙的吉普賽人進了醫院，便記下地址和病房編號。

搜查局在新舊城區交界，而醫院和其他公共服務大樓也在同一區。這些雖說是公共服務，但有不少是要行賄才能使用的。搜查局因為擁有職權、可合法使用暴力和管轄範圍廣，固然是貪污之最。其他部門也有著不同程度的類似文化，例如消防隊只有收到現金後才會施救。這倒不意外，他們的體能要求和性命風險，跟工資、保障和住宿福利完全不成正比。明明今個財政年度撥款已經有所增加，但很明顯都被巧計移到高層口袋了。又例如醫院，救命的藥物、手術開刀後的索價都是令人髮指又只能屈從的。

林先生走進醫院，來到那位吉普賽人住的病房。他見吉普賽人全身被打得青一塊又紫一塊的，加起來倒沒有貝雅傷得那麼嚴重。想到這裡，心中更鄙視貝雅。

吉普賽人見朋友來到，覺得出乎意料：「林先生，你看來不像是會探病的人。路過嗎？」

林先生拿出上次他贈予的香煙。吉普賽人望望清晨的病房四

周。此時一位護士打算進入病房，林先生揚手示意護士走開。

「謝謝。」吉普賽人拿了一根，勉強地從病牀坐起來，聽到他說：「大哥就慘了，不知道會怎樣。我今次連累了他。而你這混蛋……我沒告訴大哥。所以才打起來。」

林先生替他點煙。

兩人各自抽一口煙放空。

「你過來查案？」

「嗯。」林先生沒有打算告訴他，剛才把貝雅拳打到重傷，他覺得沒所謂，也不是重點，只把剛才拿回來的錢遞給他。吉普賽人想了想，好像又明白了甚麼，說：「我們無力償還的。」

林先生搖搖頭，拍拍他的手。

「而且，說實話，也不夠重新開門營業。唉。」

「嗯。」林先生又抽了口煙，遞出手稿問：「知不知道有誰看得懂這東西？」

吉普賽人接過手稿又翻閱了一下，回答說：「這群人早被趕到邊陲或者更遠的地方了。你問來做甚麼？啊，其實我不用知道。你還記得之前替你工作過的線人嗎？他就算不懂，應該也知道往哪裡找。不過，你上次出賣過他，他應該不會理你吧。以前很輝煌的那家古英格蘭大學的人，自從普尼學被人立法禁止後，很多都流亡了。塞外有些師生帶住館藏，聚居在一些偏僻的地方。算是大學的僅存部分吧。你手上的稿件，『普尼斯雅拿之路』，對他們來說應該是寶物。你跟線人說是我介紹的吧，看看他理不理會你。」

林先生點頭道謝，走到病房門口又回頭問：「你還有多少『廢紙』？我有個賣古物的朋友或者可以幫你們渡過難關。」

他走出醫院之時，梳爾已經在大門等他。

「對不起，帶給你麻煩。」

「唉……貝雅說要控告你。」

「一人做事一人當。」

梳爾看看他，說：「你幾乎犯了他媽的全部守則。一人當甚麼？」梳爾搖了搖保溫瓶，裡面裝著從家裡沖好的廉價咖啡，又說：「如果我當時在場，可能我會阻止他，也可能不會。貝雅那混蛋是罪有應得。我們誰不是呢？可是他是我該死的成員，要教訓也應該由我來教訓。」

林先生望望天，又低下頭。

「趕著去哪裡？」

梳爾似乎也從貝雅處，得知了卡片的事。

「想追查些事。」

林先生沉默地在他旁邊，兩人一同靠著大門前的石柱，看著這破舊的城區，敵托邦的一境。

「你知道我也不是本地出生的。我那該死的父親 …… 酗酒、家庭暴力、吸毒，你想得出來，壞父親的一切行為，他都做齊了。」梳爾呷了一口咖啡，表情有點苦，兩人都知道這並不是因為淡而無味的咖啡。梳爾接著說：「那天他抓著我媽媽的頭髮，拖行走過半個客廳，一手將她扽到牆上。世界上有這麼愚蠢的媽媽嗎？為了孩子，她們到底願意忍受多少苦難？那時我知道到最後會怎樣，我有警告過她。她只是單純地以為事情會變好。不會的。若你不去修理這種該死的混蛋，不會的，這個病態、令人作嘔的世界不會有任何改變，所有罪行，所有罪犯，不！他們就是這麼該死的固執，一直一直做一個混蛋。他看見我媽媽的頭上撞到流血，便畏罪離開了。最後一項，只有這最後一項，是他上半輩子有完整做好的事。

後來，我跟著媽媽投靠親戚。像人球一樣的生活，可是至少不用見到媽媽捱打。你知道最糟糕的部分是甚麼嗎？是無能為力，我只能膽小地瑟縮在桌底。一個小孩，你期待他可以做甚麼呢？他有報警，那些該死的大人拿了幾包走私香煙便愉快地離開了，之後一關起門又開始另一場家庭暴力。童年對我來說是難以忍受的，輾轉來到敵唐寧，誰知道又碰到那死雜種，那該死的廢物在這裡過著他

該死的下半生，見到我媽媽就像看到了提款機。這時我已經是個青少年了，我在廚房拿了刀，在他伸手搶桌子上果盤的錢時，一刀插下去。

你知道是哪種果盤嗎？就是隨便在一家雜貨鋪買得到，一點也不結實的那種。放在桌子上，看起來好像不至於家徒四壁，那種可憐的果盤。那刀一插下去時，我聽不到任何人在叫。我比較擔心能否修理好那果盤。至少我媽媽有努力過，想讓我感到我們的生活不至於那麼潦倒。她純粹想給我一個安心的感覺，令我覺得我們家不是一無所有的。我不想她難過，我可不管之後會怎樣，就算這個變態的世界要毀滅了，我也不在乎，我只是不想她難過⋯⋯」

梳爾鼻子通紅，他的眼睛充滿淚水，沒有打算擦拭，深呼吸一口氣，轉過頭笑說：「他們說青少年是人的黃金時期。知道為甚麼嗎？因為好處是犯罪也不會留下案底。我被判了進男童院。沒有留案底，不過也做不了甚麼正當職業，直到來到搜查局。」

「你也是逼於無奈的。」

「是嗎？可能吧。」他聳聳肩說：「你有甚麼要做，便先去做。我知道你惡貫滿盈，你做過的壞事不比我們任何一個少，你在下地獄的隊伍中可能排在我那糟透的父親前面。誰知道？不過，如果——我說如果——你想做些甚麼事情，那便去吧，走那他媽多苦頭的路。」

「你不用把我帶回去嗎？」

「貝雅那種臭小子早晚會有人收拾，他本身也做了不少壞事，有不少把柄。他這種賤骨頭受得了這種傷有餘。剩下來的，等你回來我才跟你算賬。」

望著他說完，轉身離去，這時區內只有遠處一輛車，在洗刷清晨無人的灰蒙街道。林先生向他道謝。梳爾沒有回過頭來，往半空舉起中指。

吉普賽人提及的線人，之前有一段時間替林先生工作。那時線人還在沉迷普尼學。那些東西有時是很迷人的。人們總喜愛想像

著只要怎樣怎樣做，社會就會變好。之後不停圍繞著那些書本上的理論啊概念啊，不停地圍著營火跳舞取暖。如果這麼有用的話，現在就不會是敵托邦了。林先生覺得不是因為社會打壓，而是那些學說的作用，根本沒有人可以證明得到。

回到家中，見表叔癱在沙發上睡覺，把被子踢到地上。林先生沒打算替他蓋好，一個人走回房間內。在房間內，他拿出軍綠色的巨型粗麻袋子，把裡面的槍械撥到一邊，再把箱子連同斜背包往內一倒。接著將衣物也隨便地扔進去，扔開制服，換上剛來敵唐寧時的打扮，便打算出發了。這時候表叔被他發出的噪音吵醒，輾轉反側。林先生想到他還未交清今個月和下個月的房租，正想從背包拿出金錢，想了想還是索性不管了。

林先生到附近的巴士站，想看看巴士最遠能到達甚麼地方，之後便往線人出沒的舊街區走去。清晨時分，正常的敵唐寧人應該還在宿醉，未有起牀。不過在這種地方，偶然地還是會經過一兩間咖啡店。咖啡是奢侈品，一杯飲料的價錢抵得上三頓飯，頭腦不清醒的人才會上當。通常只有一些普尼教徒光顧，在假高尚的空間討論些不著邊際的東西自娛自樂。這些店鋪倒是頗安全的，正常人都不太會去打擾他們，因為跟他們的興致太不同，免得生事，最後又給宣道說教而自討沒趣。

其中一家店便是線人常流連的。林先生往內看，沒見到他。一個店員向他走過來，奉上餐牌，並介紹推廣優惠，特選的早餐連飲品有半價。林先生計算了一會，好像比在外面隨便吃些亂七八糟的東西貴一點，可是反正要找線人，不如就在這裡吃著等吧。他在咖啡店靠窗的位置坐下，把行李放在地上，發出一些金屬聲。店員大概聽得出異樣，有點驚恐地假裝不以為意。

早餐很快便送到了。林先生看了看，都是些自己很容易煮的餐點，用上了華而不實的材料，便賣得很貴。他一大口一大口的，不消三四口便吃完了。店員過來替他添了點熱水。林先生趁機會問

線人的下落。店員不知所措，以為林先生要做甚麼可怕的事，不敢不回答，結結巴巴地打算告訴林先生他最近入住的樓房名字，卻馬上被經理打斷了。

到了午休時間，店員把垃圾拿到後巷，見林先生正等著他，同時手上拿著一張鈔票。

「對不起，我不做這種事的 ⋯⋯」

林先生再拿出一張。店員猶豫了一會，很快便下定主意，快速地吐出地址，抓過鈔票便回到店中。

他很快便到了線人所在的區域。四周是一棟棟連貫如牆的樓房，約十多層高，似乎是同一年代或者被官方限制高度的建築。外表大多是多年沒有打理的灰黑色，剝落的牆身好像隨時會跌落一兩塊灰。密度高的單位、錯置的窗戶、不平的樓頂，令人感到強烈的不協調。因為太密集，所以比較悶熱和空氣不流通，住宅有些單位的窗戶大開，可以透見裡面的市民百態。有一個大叔在拿著扇乘涼，也有一些小孩在窗邊危險地跳動。最離譜是有一個塗了脂粉的男人被別人從後抱著，就在大眾看得見的地方半公開地辦事。

地下一層全是商舖。貧窮反映在裝潢和人們的衣著上。有時林先生分不清這裡和詩歌舞區哪一區比較窮困，似乎不相伯仲。林先生應該早明白的，這區名叫詩歌賦，正是詩歌舞的姊妹區。走過幾條街，見到有一個頗神奇的公園，三、四棵老榕樹種在兩旁。在早上光線不充足或者晚上的時候，燈光照射下，看起來就像一個樓房為缸，路人為魚的水族缸。也不知道老榕樹是被種植還是自然生長在此，外圍的混凝土塊顯得格格不入。

林先生確定一下地址，又查問一下百無聊賴、天未晚便喝著啤酒的街坊，聽他們說：「找尤仔嘛，那邊去。你們談話時別太興高采烈，很吵。」「無事找事的，搞事。搞到個社會亂七八糟。誰最開心？我我佢 ⋯⋯ 來了，知唔知以前 ⋯⋯ 唔好啊。」「收聲啦，你最差。阿尤他們，說些甚麼普尼，是好的，只是不成熟，唔 ⋯⋯

The Treatise's Strings: Babelians

不夠透徹。你知不知道 …… 望那座山，就想知後面是甚麼 ……」

林先生不明所以，繼續往前。穿過了老舊的小公園，來到一塊空地，約四分之一個足球場的空間，被呈橢圓形的舊唐樓環圍，有幾架巴士停泊在車站。右手邊有兩檔小販，在一張單人牀也放不下的狹窄鋪面賣一些廉價的進口內衣褲，另一家則賣一些懷舊的卡式帶。最近有商人找到門路，用拙劣的技術興建了一所小工場，卡式帶頓時成為了普羅市民的音樂裝置首選。林先生再望去對面，有一家模型玩具店，店面也是不整齊的，好像是櫥窗中的鐵甲人模型在某夜回復真身，暴力地勉強舉起樓房把店塞進去似的。店家說要光榮結業了，林先生可不信。這是商人詐欺的技倆。玩具店旁，巴士站的出口，三層樓高的位置橫伸出一個霓虹燈管扭成的「押」字，邊界是綠色的，押字是紅色的。日久失修下，有些位置已不復光亮了。

廿四號樓房的大閘上了鎖，林先生打不開，想拿出袋裡的工具，但又只有手槍，怕會驚動別人。他望了望旁邊，苦無對策。這時，有人正在下樓，狐疑地望望林先生便推著門讓他乘時進去。林先生點頭感謝。樓梯內幾乎是完全漆黑，密不透光也沒室內照明，感覺上角落都是垃圾。他上了幾層，轉進走廊，在一個單位拍門。年青而面容頹靡的尤打開門，卻沒有打開鐵閘，手上還拿著一枝手捲煙。

「找誰啊？」

「連我都不認得？」

「你 …… 哦，出賣我那混蛋。掃墓再講吧。」

「是吉普賽朋友叫我來的。」

「他有沒有叫你吃自己？」

「喂！」林先生早知會吃閉門羹，便說：「普尼斯雅拿之路。」

不消兩秒，門便打開。「你說甚麼？」尤先是驚愕再是驚喜，接著又收起笑容，說：「你又玩甚麼花樣？」

林先生從袋中拿了一張手稿出來，在鐵閘約一隻手闊的縫間交給尤。尤用力地吸了幾口大麻煙，好像會使自己更清醒似的。林先生從氣味中得知那不是優質大麻，看來也不至於會令人完全進入荒唐的狀態。尤讀了讀，說：「拿來，拿來 …… 有救了，有救了今次。」

　　林先生沒理他，拍拍鐵閘，示意要打開。

　　「進來。」

　　出乎他意料，室內見到一副熟悉的面孔，使林先生忘了從軍時突擊房屋時的訓練，沒有掃視室內。

　　「你好，林先生。」阿莫有點尷尬。尤踢了一張摺椅到林先生前，他室內放了不少椅子，看來真的經常有人上來討論普尼學。阿莫問：「最近好嗎？」

　　「甚麼最近好嗎？這混蛋在搜查局平時欺負人啊、霸凌啊，有甚麼不好的。」尤讀著手稿，另一隻手示意要更多。

　　林先生直盯著阿莫。阿莫好像會意，揮動雙手說：「我沒有吸的。」

　　「你們做甚麼了？舊情人？這麼尷尬。喂，拿來吧。」尤說。林先生將袋擲到地上，打開它。尤見到裡面的槍枝，連忙說：「你去打仗？不招呼了。兩個都奇奇怪怪，自己找上門。」便拿起了手稿往一邊去讀。

　　「你 …… 我最近還好。」

　　「不錯啊。」阿莫回道。

　　林先生又想起阿莫那番話。他被生活不斷地壓迫，意志不斷被消磨，被迫去做很多事情，命運好像就會這樣繼續。雖然他未必可以反抗，不過他在大牢籠內，還是有自由作出一點善意的選擇的。

　　「我 …… 你 …… 上次多謝。」

　　阿莫微笑時，好像點亮了整個房間。她身上穿著了一件仿麂皮焦糖色外套，裡面仍是那一件短袖，配一條緊身的牛仔褲。就像他們相識那夜的裝扮。林先生就像剛到埗時一樣，穿著那件破爛

的機車厚牛皮外套和牛仔褲。二人裝束有點相襯，性格上卻是一人拒人於千里之外，另一人和暖亦使人親近。

「為甚麼你要多謝我？」見問題有點直接，她笑說：「你不須要多謝我。唱歌是我的職業。」

林先生想指的是她那番話。可能她只是隨便說說，或者跟誰都聊得來。他坐著低頭看自己的手掌互相磨擦。

「為甚麼你會來這裡？」

「我？沒有啊，想找我弟弟。」

「你有弟弟？」

「嗯，他向來有讀書，你知道，就是那些書。」她繼續說：「因此他有間中坐長途巴士來這裡的習慣。他也會有一段時間不回家，不過今次有點長。」

「但這裡兩眼看完了。你覺得他去了哪裡？」

「外面，普尼人的聚居地。可能是他太著迷，又或者怎樣的。因此父母叫我去找找看。他們不問，我也應該會去找。雖然不上班幾天都會有點影響。」

「你還惦掛上班？這次找到寶了，你知道嗎？」阿莫跟林先生對望一下，兩人再望著興奮不已的尢。「普尼斯雅拿之路啊。很可能是普尼人的聖經！」

林先生記起不久前閱讀的心情，那些艱澀的文字好像說著一些偉大的東西，又好像沒甚麼實際意思，不禁懷疑地問：「這東西？這只是份普通的手稿。」

「你讀得懂嗎？死搜查員。」

阿莫打斷他們說：「那……阿尢你知道這在說甚麼？」

「我讀了個大概，但太多理論，看來我們還是要出塞外一次。」

「看來？」阿莫問。

「我不需要你，我自己去。你告訴我怎樣做就可以。」林先生站起來。

「不 …… 你誤會了，不是我想跟你去，也不是我想朝聖，想知道跟著手稿會到哪裡去，嗯，可能有一點吧。而是，你只能跟 —— 我再說一次 —— 是『跟』我去。你們搜查局厲害啊，打擊境外勢力嘛，他們現在只歡迎熟人，即是我。沒有我，你哪兒都不用去。」尤得意地回應：「我現在進去拿幾件衫，你這死搜查員應該身無長物，除了棺材沒甚麼要打點吧？我們立即起行。」

「等等，我可以和你們一起去嗎？」阿莫提出。

尤好奇地問：「你？你去做甚麼？啊，你弟弟是嗎？」

此時林先生見到阿莫腳邊也有一袋行李，阿莫見到林先生有注意到，便解釋：「被房東趕出來了，最近都四海為家，只好找些咖啡店打散工和過夜。」她又朝尤說：「是啊，幫幫忙，麻煩你。」雙手合十，態度誠懇。

尤又吸了口大麻，不解地望著二人，問：「你們剛離婚？找兒子？」他顯然剛才聚精會神看手稿，沒聽到莫、林二人所有對話。二人錯愕一下，正想回應。「唉 …… 不要煩我。都已經是敵托邦了，還在搞兒女私情。十分鐘後樓下等，我還要換衣服。你們當這裡酒店大堂？自出自入。」

二人先到樓下。林先生長期以來不是在軍中，便是在其他武裝部隊工作，不懂跟人相處。他不知道怎麼打開話題，阿莫便開口了：「你也是被趕出來嗎？」

「不是，不過沒所謂，都一樣。」

「你 …… 袋裡的 ……」

「我用搜查局的文件入境，可以帶幾枝槍，合法的。」

「我想問題不是合不合法吧，而是 …… 槍本身？」

「如果你介意，我可以先放在尤家中。」

「不用，我不是這意思。帶著也是好的，誰知道在外面會發生甚麼？」

「嗯。」

「你呢？沒有家人嗎？」

「有，不過很少聯絡。」

「很少？還是沒有？」

「沒有。」

「我媽媽經常投訴弟弟，才剛長大成年，便經常不回家，連聯絡都懶。」

「可能他有事忙。」

「這些都不是藉口啊。我看你平時不太愛說話，如果沒人問你，你這些小事，是否永遠都沒有人會知道？是不是男孩都是這樣？」阿莫看看林先生，他已不再是男孩多久了？她便傻傻地笑。他不明白原因，不懂反應。

「可能。」

「為甚麼沒有聯絡？」

「不知道，也沒甚麼好說的。」林先生記起在軍中時候，大營外有一個電報機，由一個小型蒸汽機發動。每人每星期都有一定的配額，可以打給家人或者朋友。林先生的配額沒有減少過。「大家都在做不同的事，信不同的東西，慢慢就越走越遠。沒有甚麼特別原因。」

「他們知道現在你在哪裡嗎？」

「不知道。他們只知道我在軍中，不知道我回來，不，不知道我來到了。」

「你跟這裡……」

「我很久很久以前的祖先是這裡的人，後來又在很久之前搬走了，今次是我第一次回來。」

「所以，你當搜查員時，是在欺負自己人？」

「公事公辦而已。」

「你知道不是這樣的。」

他低頭沉思。知道嗎？「這樣」是怎樣？他又記起貝雅的事。

「你知道，有時不能他們叫你做甚麼就做甚麼吧。到頭來，這些都是你一個人負責的。」

「我們有集體負責制。」林先生說出這用詞時心中亦覺不好意思。

「哈，你自己都心虛了，不是嗎？那些包袱，最後到頭來都是你自己背負的。他們不會負責，也負責不了。」

「你們在講經嗎？」尤下樓梯，被二人擋住了。他換了背心，穿上一件麻質的米色上衣。他沒有整理過頭髮，蓬鬆得變成一撮撮的，看來幾天沒洗頭了。他在上衣口袋中放了一堆大麻煙，口袋有點下墜，在他普通的身形上顯得有點累贅。「跟我來。」

尤旁若無人地橫過馬路走到巴士站對面，有輛巴士因此煞停，司機打開玻璃窗破口大罵，尤完全沒有理會。他們來到玩具店旁。這裡有一個漏水的屋簷，下面放了一大堆雜物，膠椅、摺枱、麻雀牌、過時的廣告橫額……

「都叫那些街坊清走，怎說都聽不進去。」尤又點了一根大麻煙，叫道：「喂，肌肉男，過來幹活。」

林先生在清理雜物後，按尤的指示把後面鐵閘的鎖剪開。

「這不是你的地方嗎？怎麼要剪鎖？」

「忘了帶鑰匙咯。你問這麼多做甚麼？那你坐不坐？」尤又長吸一口，接着叼著煙頭，一把揭開帆布。這是一架小廂型車。跟一般的汽車不同，它長得很復古而矮細，兩邊都有一列四個窄長方形窗戶，車身首尾對稱，橙白色相間。有些油漆塗層已經脫落，隨手一刮便斷裂。

阿莫倒是興奮，說：「太好了，不用擠巴士。」

穿梭敵唐寧，大部分時候是乘坐火車和長途巴士，區分了有錢人和窮人。更富有的人則會開私家汽車到火車站的貴賓接待處，用上火車的載車列車卡以及連接著的貴賓車卡。大家會避開以汽車駛離敵唐寧，不是因為路面擁擠，而純粹是人為原因，導致

行政程序十分繁瑣。

「還要排多久的隊？」尢不耐煩地自言自語。

林先生從後座盯著尢的背影說。「你很趕時間嗎？」

「工作做到一半，你們突然出現，我又突然間要應酬你們，還突然要出外面。你說呢？要不要泡壺茶，給你們兩個慢慢談情說愛消磨時間，才不慌不忙地出發？我趕著要拯救世界的。」

「不要理他。」林先生對坐在車廂座位對面的阿莫說。

她回答：「沒關係。」

「你不要擔心，你弟弟應該沒事的。」

「嗯。你們呢？你純粹要去普尼人那地方？」

「有朋告訴我，這可能跟我調查中的事有關。」

「哦 …… 不能說的話，我理解的。」

「不是，怕你悶。」

「你不講又怎麼知道？」

「不介意就好。我也不知道應該由哪兒說起。」

「…… 由一開始說起？」

「其實沒甚麼特別，又是老樣子。我以前是當兵的。說是當兵，也不是正規，即是隨時會不被承認，被當棋子，不知道甚麼時候會被人送上軍事法庭的那一種。更多情況下，純粹會失去工作，他們需要人時再用其他名義聘請回去。

那次是我第一次接到命令，要 …… 要去『解決』一個聚居地的任務。在一個沙漠城市，周圍都沒甚麼生氣，只有一些草堆被風吹起滾動。井水要到地底很深很深才有一點點。整個環境很死寂。

我持槍進入一間泥房。調查期間發現有一個櫃，在裡面發現幾本護照，根據外貌，似乎是很久以前跟我同一個種族的人。最小那個只有四歲。

一個成年人，若中了機關槍的子彈，大概還是看得出人形。四歲 …… 你會感到，那彷彿不是生命，只是一團 …… 一團血肉模

糊的 …… 的『東西』。不是說他們不是人，而是 …… 你會覺得他們本來有長大成人的機會，但被自己親手剝奪了。

其他隊員若無其事。處理完，手掌 …… 一握緊，再舒展開，竟然在抖震，手、血管、掌紋、赤紅色的皮肉下，瘀紫色、藍色的，一條條，好似 …… 就好似，我不知道怎樣說。就好像掌心內有一個世界，是由血肉造的，而靜脈要通到下面甚麼地方似的。

這種感覺後來慢慢就慣。我不知道是慣還是不慣更可怕，不過人逐漸就會在這種選擇之中變得麻木。就好似每日扭開收音機，殺人放火的事不斷重複發生，你再聽的時候，已經沒有感覺了。

接著有一個戰俘。我認得他就是剛才其中一本護照上的男人，是兩個小女孩的爸爸。他是這條村唯一一個有勇氣反抗的人，即使手無寸鐵，仍用拳頭抵抗了一下。我尊重他，戰俘當中也有值得尊重的人。他下跪在我面前，我接過手槍。那天是我第一次用機槍大規模殺人，而他則是我第一次被命令去殺的戰俘。他已經投降了，但司令說要斬草除根。他沒哭過，我想他還未知道女兒的事。

他看著我。我不懂應該怎樣回應。最後我說服自己，不如快點了結他吧。反正我的罪也不會因為多殺一個人或少殺一個人而有所影響。至少對他可能是解脫。

之後一直在外面飄泊。直到來到敵唐寧，有一天我在路上遇到一個流浪漢。後來我知道了他的姓名，似乎就是屬於護照上那家人。那個奇特的姓氏，不是隨街找得到的。」

阿莫的表情盡是同情，說：「我 …… 我不是說你做的所有事情都是對的。單是剛才你提及的已經夠糟糕了。無論如何你都會帶著這份悔疚生活下去。但我也不會說『那麼你也不會好受』之類的話。這些事情，你已經做了，這是不能改變的。

不過，你還有一個地方搞錯了。這不是『又一個故事』，不是跟我們的世界完全平行，或者發生了就算的事。你聽過的，遭遇過的，都是人生一部分。重點是，你的人生在這故事之後有沒有改

變？你下的抉擇，又會不會因而受影響？即使最後結果一樣也好。那才是當下重要的事，否則同樣的事發生一百次、一千次，都是無意義的。我不知道，至少我是這樣想的。」她說罷思考了片刻。

林先生有點驚訝，這些老生常談的話，從眼前這個年紀比自己小一大截的人口中說出來，令他有種共鳴與共情。

「不管怎樣，我很高興你跟我坦白。」她表情猶豫，看起來似乎有難言之隱，又說：「這樣說著，倒是我有點尷尬了。老實說，我不想，我不想 …… 我不想維持這種狀態太久，這種情節太老土了。」

林先生盯著她。她終於沒迴避，澄清道：「其實是一個叫巴沙爾的人叫我來的。所以你才會在登門時見到我已收拾好行李。」不知道為甚麼，林先生沒有覺得被騙，心中反而有點失落，繼續聽她說：「那當然不是一個巧合。那是甚麼可笑的爛理由？」

「所以，你沒有弟弟？」

「我有一個弟弟，他確實在外邊，不過是他自己選擇不跟我們來往。看，我真不是說謊的能手。」

「是好事。」

「謝謝 …… 不，你不須這樣說，是我收了錢。天啊，我最討厭這些男人，總想著給女人拋點錢，就可以利用女人。我正常不吃這一套的。偏偏我真的一段時間沒交房租了。那叫巴沙爾的，好像甚麼都知道似的。而這也不是一筆小數目。」

「不關事的。你不是那種人。」

阿莫望著林先生，雖然被他直勾勾地盯著，卻跟一開始一樣沒有感到不安。她會意似的點點頭，把行李內一個小紙袋拿出來，準備扔出車廂外，一時間卻被坐在駕駛座的尤伸盡手搶走，說：「替他積福啊，也替你積福啊死搜查員。」

林先生若無其事，冷靜地問阿莫：「他的條件是甚麼？」

「他想我監視你的一舉一動，向他匯報。對，可能不是甚麼大

奸大惡的事。可是，我就是感到不舒服，對不起。」這也是正常的，畢竟觀乎尤的反應，林先生身上拿著的手稿，應該是普尼學中很重要的文獻。「而且，可能有點奇怪。他提出條件後，我掙扎了一會。之後他說，到時你會明白的。」

林先生皺眉。「到時」是何時？他會明白甚麼？這時尤打斷了他們的對話。他們已經到了隊伍的前列，有職員想進車檢查。「慢著慢著，你不知道這車內有誰嗎？」尤說。

「誰？總統？國王？我要在你們名字後加上『殿下』嗎？」

「你有甚麼毛病？我想說的只是我們車上有搜查員。」

職員瞄瞄車中，見到莫與林。林先生從機車皮衣的口袋中拿出證件。

「那就不用搜嗎？我看你很有想法，我根據程序，給你足夠時間慢慢解釋。」

「等等，」林先生彎下腰，才能在車中移動，他把頭伸到前座位置，說：「我趕著搜查境外勢力。是有關普尼教的案件。」

聽到普尼教的名字，職員不敢怠慢，只好裝模作樣找下台階。

「那，另外這兩個人呢？他們不像是搜查隊的。」

「這女士是證人，另一位 …… 是我徵用汽車時，隨便在乞丐堆中找來開車的。」

職員又望望地下，發現有槍，更不敢怠忽職守，正想放行。此時有人過來，在職員耳邊說話。職員接著奸笑一下，說：「你們這車牌的登記車主剛報案了，這車似乎沒有被『徵用』。」

這時林先生在尤旁邊的副駕駛座上拿起紙袋，尤來不及阻止他，林先生便已遞到職員手中。職員看了看裡面，狡猾地笑了出來，馬上放行。小廂型車順利通過。在排了長隊和遭到留難後，三人望見外面荒涼的土地，有種古代出關塞外的感覺。

「你這該死的老頭，為甚麼不把你媽遞上去？還說甚麼乞丐堆中找來的？」尤大怒地開罵。

「你這車是從哪偷來的？」林先生回敬道。

「『借』，我視為『借』。你這該死的搜查員說得自己很有用，但我看你就是一件活生生的廢物。『我趕著搜查境外勢力。』哈哈，有用嗎？白痴。」

「阿尤，你說話可以尊重一點嗎？」

「不要跟我阿尤阿尤的，我不像這好色的死搜查員，別跟我來這一套。喂！乞丐，我在問你。」

「那不是你的錢。」林先生冷酷地說。

「不是我的 …… 不是我的？沒有我，那瘋女人早把它像垃圾般扔到外面了。」

「那又怎樣？那是她的決定。我們沒有她的話過不了關。」

「過關？我過你他媽的關。靠你這個他媽的搜查員？你是在貶低我的信仰，我恨不得拯救世界時只剩你一個人下來，活著受罪。而且不要說得好像這只是一個藉口，沒有普尼教的話，你剛才也出不了這個門口。諷刺吧？你就是那種只在遇到難關時才禱告的罪人。還說要追查下去？你留下來泡妞就可以了。」

「好了好了，」阿莫打圓場說：「夠了，你們兩個男孩。抱歉，林先生，我是說了謊，但剛才我說沒地方住是真的。尤，如果你專心駕車，或者我們可以盡快到下一站，我可以找到我弟弟借宿一宵，或者你們也可以找到普尼教的朋友。最重要是我們可以有個像樣的地方睡覺。這樣好不好？」

黃沙萬里，塵土飄飄。普尼人聚居的地方本來就不是重鎮。敵唐寧的領導層亦逐漸切斷來往該區的交通。火車沒有運行的軌道，巴士也只能在很遠的地方停車。連接區外的只有一條公路。目的也不是為了平民 —— 他們多沒有私家汽車 —— 而是為了出事時方便派兵增援。

普尼教徒則多是過著清貧而簡約的生活，也不介意多走一點路，進行「幾天」的禪修苦行。像他們三人一路上也見到幾行人正

步行前往，卻沒有打算截順風車。

「阿尤，你不想載他們一程嗎？」阿莫問。

尤的火氣已消得七七八八了。他們萍水相逢，好像也不須要道歉。「也要他們想啊。而且放了你們的行李後，位置也不多了。我油也不多。」

「是車主的油。」

「你喜歡吧。」

「我們現在是直接去普尼人的聚居地？」

「嗯。你弟弟在哪區？」

「我也不知道。突然間出來，我也有點措手不及。」

「你們很久沒見了？」

「一段時間了。」

「喂，死搜查佬，你在局裡面沒有方法嗎？」

「她弟弟不是敵唐寧人，不在管轄區內。」

「你沒有其他門路嗎？以前不是當兵的嗎？」

「不是正式的。」林先生回答完尤，向阿莫說：「我們到埗之後試一下到電報局問問。」

兩旁沙漠，一條直路。遠處產生小型的海市蜃樓現象，一座隱約的城市彷彿騰在半空。沙地上長有一些粗生的仙人掌，還有一些奇怪的植物。有一種約一米高，很幼的莖上是鮮紅的花蕊，乍看像是一個個紅色的燈泡。林先生還見到一小片一小片的雜草上有些紫色、像薰衣草的花。這些植物隨路程越遠便越少，取而代之的是漫天風沙、偶見的蜥蜴、滿眼的泥黃。

烏雲一朵朵籠罩著天空，從敵唐寧一直到塞外。間中有些地方雲層稍薄，短暫有陽光，短促地翻起風，便感到大地的恩賜。隨著路程越遠，他們見到的路人也越來越少。離敵唐寧越遠，文明的感覺也就越來越遠。可甚麼是文明呢？誰來定義清貧的苦行者或潛修者的文明？他們甚至不會在社交或媒體上被大眾看見，只被切

割、排斥到邊陲之外。

偶爾在城中遇見，敵唐寧人第一個問題總是：「你靠甚麼為生？」

為生？好像問這問題的人自己過著被物質充斥的日子，就是有過真正的生命似的。不是說物質與靈性兩者只取其一 —— 人本就不可能切割身體，只抽出靈魂。在足夠溫飽之後，應該有取捨和覺悟，而不是物質過後還是物質，白天消費人生過後，晚上還樂此不疲地消費金錢和情感。人總是自以為下過苦功，下了痛苦的決定，總是不肯真正的冒險，做其他人不做的事。這其實都在捨難取易，走大家都在走的失靈路，做倒模出來的失靈人。這一點林先生很明白，他一直就是這樣過的。他從來沒有否認過自己是個不折不扣的罪人，眼看全世界崩壞，不但沒有阻止，還在用不同方法冷眼旁觀和參與。於是看到的、感到的都是共業與原罪。回鄉是流放，出境也是流放。他必須承受所有白眼，走自己的路，完成該做的事。

要不停刻意宣揚一個地方有多好，作為開始，不如先自我反省一個地方有多糟糕。同理，誠實地譴責和折磨自己，用盡剩餘之物去燃燒人生，才可坦然地期待新開始 —— 或者真正的末世終結。

尤把車停在一旁。林先生接力開車。

「繼續往前，之後第二個路口轉入去。」尤坐到副駕駛座說：「你有沒有想過會追查到甚麼？」

林先生專注看著無生氣的路面。此情此境，勾起了他的回憶。

「有時我會幻想，這不是一架小廂型車，而是一架該死的太空船。乘客跟我一起駛去未來。就跟現實中一樣，我們毫無疑問的確在駛去未來，不是嗎？」阿尤打開車窗，把手托在窗框上。

阿莫好奇地問：「難道你的車可以駛到過去嗎？」

「不知道。你聽過那些理論嗎？我們在車廂中是靜止的，可是在外面的路人看來我們是在跟車子一同移動的。運動是相對的，時間也是相對的。」尤在認真解釋時活像一名學者。「現在想想，沒

有這輛車以及『借』它回來的人，我們就會跟外面的路人身在同一體系，運動仍是相對的，只是驟眼看來效果沒這麼明顯，可是其實也是更明顯。試想想，你往前行一步，你跟他的距離便增加了一步，好像他往後退了；現在想想，如果你是一個體系，整個宇宙是另一個體系，你在往前走，相對上，就是整個宇宙往後退了。

那麼，有沒有可能，在正常時間內，我們一起往前的時候，有些東西是不變的，或者不是根據這邏輯而動的？如果有，相對於我們來說，它便回到過去了。想像那是一輛像我們正坐著的小廂型橙白間的車子。只要登上去，我們便可以回到過去。那變相便是一台時光機。那麼，這時光機有沒有被發明出來？不知道。

也有一個理論，說時光機是永遠不可能被發明的，因為它的出現會給世界帶來太多災難。人類嘛，總是不斷犯錯，犯了錯想更正或者執迷不悟，有時又會犯下更多、更大、後果更嚴重的錯。到你想改，卻發現已經在一個巨大的輪迴陣裡面，根本沒可能抽絲剝繭，理出個頭來。於是有一班人，專門負責保護這些東西，一直穿越時間，去替歷史『自我修復』，將時光機『不發明』出來。這也就是已經消失的聖殿教的起源。

當然，『沒那麼重要』的是，我們也沒有錢收買職員，沒有回頭路了。」

「嗯，可能吧，可是這樣也太孤單了吧？我不想自己一個走路，我還是比較希望有人陪伴、做朋友。否則只剩自己一個活著，就算在走『對』的路，好像也沒甚麼意思。說起來，我一直想問，你為甚麼叫阿尤？」

「說起來有點尷尬。尤是少見的異體字，是我家族一直傳下來的寫法。尤的讀音在法蘭西語中是『眼』的意思。在華語中發音接近『優』，是很好、卓越的那類意思，不過不知道有沒有關係。你呢？」

「我的 …… 好像是在某語言中代表愛。」

「你喜歡嗎？」

The Treatise's Strings: Babelians

「我無所謂。可是有時也會覺得，不要總是物化女性吧，只當我們是愛情或者情慾對象，感覺好像人類過了這麼多年、這麼多事之後，還是沒怎樣進化。」

尤點點頭，暫停了跟阿莫的對話，問林先生：「你呢？肌肉男。」

「出自般若波羅蜜多心經。」

「我不相信這組字會出自你的口。現在還有人相信那些東西嗎？自從敵紀元之後。」

「依般若波羅蜜多故，心無罣礙，無罣礙故，無有恐怖，遠離顛倒夢想，究竟涅槃。」

「即是？」阿莫插嘴。

「『顛倒夢想』，拿第一和最後一個字當中最先開始和最後的部分，再按字面意思顛倒過來。」林先生解釋。

「寓意要時常保持警惕謹慎，不要將水的倒影、夢中所想反當成現實，不要盲目追求人間的喜怒哀樂、貪嗔愛恨。要解脫，就要扭轉看待世界的方法，回到清醒的正觀上。」阿尤接話說：「不就類似我剛說了一通的東西嗎？那你做到嗎？」

「不知道。」林先生隨口回應。

「阿尤你怎知道這些的？」阿莫又問。

「普尼書上有見過這名字。」他瞄了林先生一眼，好像意會了林先生的身份。

在顛簸十數小時後，他們終於到達該區的檢查站。這地方隨便掛了一個門牌，有幾個衣著帶有民族色彩的人把守。他們一邊肩上掛著槍，一邊手拿著香煙，隨意放行。

尤用力關上車門，背上行李。他們目的不同，跟阿莫握手，分道揚鑣。林先生跟在尤後面，正想開口，阿莫已經說話了：「你……辦完事，還會回去嗎？」

「可能還有點手尾要回去辦。長遠不知道。」

「嗯。那好。一路順風。」

「順風。」林先生說完想轉身時，阿莫趕來，將一張紙條塞到他手中，再揮手道別。

前面的路已不是車子能行的。林、尤提著行李走過去。兩旁有一些簡陋的小檔攤，售賣著自己種的農作物和比敵唐寧市內更低級和低價的生活用品。他們往右轉一直走，見到一座教堂，異常宏偉地屹立在頗荒涼的野外之地。

「這座叫聖母與古英格蘭殉道者教堂，以前是屬於聖殿教的，現在就屬於普尼族。」

「你們買下了？」

「買？連他們最後的後人都放棄了，都被滅團了，走也來不及。而且他們選址都這麼偏僻，還要買？保養都要錢的。」

林先生抬頭看看。雖則他不懂教科書上說的那些風格，但歌德式建築的標誌性尖頂、大型彩繪玻璃窗、拱頂和飛簷結構，還是很容易辨認的。教堂中間聳立著高塔樓，相比起這地區頂多三、四層樓高的房子，已屬到處能見的龐然大物。由大理石和附近採石場的巨石拼成的牆，使這建築近看起來更像是軍事要塞，而這也正是它曾經的用途。林先生看著教堂側的大圓窗，大圓窗的中央有一個大型的馬爾他十字圖案，鎮守著前方佈滿了十字架墳墓的墓地。整座教堂的佈局與莊嚴令他有種被震撼的感覺。

「林先生。」尤向他招手。

尤已經打開了大門，林先生跟著進去。他工作時有掃蕩過其他的普尼族地區，只是沒有來過這一帶。其他普尼族地區比這裡更落後。事後他記得梳爾曾說過，這邊才是比較主要的地區，不過為了方便控制地下秩序，反而較少掃蕩這裡，並用派遣臥底和監控的方法，只有在收到高層命令時才會比較認真地掃蕩。而且因為有教堂，掃蕩的時候會引起教徒大規模的反抗，又或者整肅過後不久又會被重新佔領，因此這是粗重活，雙方的底層執法者與守衛都有不成文的規則：得過且過。反正那沙漠可以種的東西也不多。

The Treatise's Strings: Babelians

尤走到一邊，問過朋友，又拿了兩件披風，抖了抖上面的沙子，說：「走，我們去找那日耳曼人。」

他們披上披風，看起來比較像本地普尼人。林先生的身形太顯眼，也有搜查員的身份，想必就是尤不想惹人注目的原因。他們沿著教堂前的大路走，去日耳曼人的住所。那位於一條住宅街，附近連著其他小房子。走了一會，途徑了沙漠中少見的小綠洲和一條小人工河。

敲門聲並未得到回應。他們彼此望了一眼，林先生再大力拍門。半晌，一個拿著拐杖的白髮日耳曼老人應門，在門縫間說：「我今天心情不好，不見客。」

「前輩，前輩，你認得我嗎？我有來過跟你們討論普尼學的，我叫阿尤。」

「不認得，滾開！」他正想關門，發現林先生伸了腳卡在門縫。「沒教養的傢伙！」他想用拐杖推開阻礙物，但是毫無作用。

林先生望望尤，尤不置可否，於是林先生隨便在旁邊拾起一塊石頭，對準便將防盜鐵鍊整條敲斷，再奪門而入，險些撞倒老人。

「你們 …… 你們！」老人正想破口大罵，視線受尤遞出的文件所阻。「別擋住。啊，這是 ……」

「普尼斯雅拿。」

「你們從哪裡找來的？」

「就是這位男子。」

「不可能 …… 不可能，這不是來自我們這個壞死、無藥可救的世界。」老人慢慢望向林先生。「你從哪裡得來的？你是誰？難道就是 ……」尤向老人點點頭。

「我姓林。我是一名搜查員。」因為身在沙漠，有不快的回憶，所以林先生本來想說自己是個「墮落的人」。「這是我從一位朋友手上拿到的。」

「龍寨文物？」

「你怎麼會知道？」

「我一直都這樣說。我們普尼教人一直在找這東西。我們做的都是最紮實的學問，就是欠了這一塊，這就是普尼教跟現實的橋樑。」他激動地舉起手稿，又上下打量林先生。「沒有這個，故事可開始不了。」

林先生不解，想了想，便交代了整個經過。當初先是流浪漢韋特雜物中的卡片，間接帶他到舊城區神祕且數一數二的古物店；遇到巴沙爾，他家族跟流浪漢韋特有交情，一直有監視韋特行蹤，不過他沒有阻止那一次貝雅毆打韋特，可能因為他知道林先生會阻止？他本人亦早已悉林先生追查的原因，就是因為對姓韋特的——那曾經輝煌但早沒落了的家族——有所虧欠。他想知道更多，想了解他們，也想了解有沒有可彌補的機會。

那些因人性而犯，又因人性而欠的算是原罪嗎？他不知道。也許理性本身就是一種原罪。迷信科技、異常執著技術細節而缺乏宏觀道德、只想安居樂業飽食終日而毫無自省與涵養、妄圖以絕對的顏色陣營來區分人、自我妄想被害卻樂於批鬥、不斷以膚淺的理由去逃避去計算還沾沾自喜可得到安樂生活、數算成本與得益而縱慾和容讓自己無更高的人生追求、不斷剝削和騎劫他人勞動的成果，這些皆與通天塔相通，也皆源於自己，以及他們口中他媽的「人之常情」。

「他全名是巴沙爾・韋特，是韋特家族今代的掌舵人。那流浪街頭的是他精神失常的表弟。」老人補充。

林先生疑惑地問：「是天生的？還是？」

「他做了不該做的事。有些事，即使動機是對的，也不應該做。誰都可以像《哈姆雷特》裡面一樣，自視為無限宇宙之王——不過你得誠實地待在自己的胡桃殼中，不去胡亂地做噩夢。他出去過，原來的他已回不來了。」

「我不明白 …… 還有，你怎樣知道這些事情？」

The Treatise's Strings: Babelians

「我們不明白的事可多了，但我們將會明白的，或者說，將會明白已經明白了的。你以為只有敵唐寧那些肚滿腸肥的衣冠禽獸懂得派臥底嗎？不過我們不同，我們是有堅定信仰的人，不是為錢，不是為名利，而是想這個世界得救。」

這拯救世界的任務跟林先生一直所認為──或者被浸沒──的觀念太不一樣。一開始他聽到尤這樣說時，只感到不可信。旅程開始後，再從塞外的普尼智者口中得知，似乎宗教性開始湧現。也許只是因為見到敵唐寧或其他主要蒸汽城市相當少見的大教堂。畢竟那些地方是沒有也不需要信仰的，他們信著自己就安樂了。

老人續說：「我們早打聽到手稿落在巴沙爾手上，只是一直查探不出來，找不到拿到手的方法。當然，那都是命中註定的，我們必須要去做，也必然沒有結果。我們的徒勞無功是天命。但如果是你，我便明白了。」

林先生仍然茫無頭緒。

「你記不記得，你當初為甚麼會去到敵唐寧？」

「我無意中找到這個工作機會……」

「且慢，不是無意的，你是有意識這樣選擇的。」尤在一旁疊起雙手，提醒說：「跟其他工作比較，有一些方面更吸引。」

「薪水高了百分之三十左右。」林先生困惑地回答。

「還有一直追查的韋特。」尤又引導說。

「因為我們來自同一個地方 —— 敵唐寧。」林先生又答。

老人問：「現在你想想那故事，那 …… 通常動人且令人沮喪的背景故事，在哪裡發生？」

「在一個沙漠城市。」林先生覺得天旋地轉。

「你都清楚記得細節是嗎？」

「是。第一次殺戰俘，那名姓韋特的爸爸。」

「你肯定？」

那畫面經常在他腦內盤旋，經常導致他失眠。他怎可能不肯定？

「可是，」老人疑惑地望著他的瞳孔：「你記得你是怎樣到場的嗎？」

這樣一問令林先生一怔，便回不過神來。

「沙漠城市內槍聲忽遠忽近，此起彼落。

『求求你，不要！』眼前女子雙手合十，跪著哀求道：『求求你。』」

再之前呢？

「只有一些草堆被風吹起滾動。井水要到地底很深很深才有一點點。整個環境很死寂。

我持槍進入一間泥房。」

再之前？

林先生怎樣都記不起來。他有點站不穩，回頭看看老人。尤馬上扶他。

「這是⋯⋯」

「尊貴的林先生，你自以為經歷了很多，那都是你的人物設定而已。我肯定，如果你試著回憶一下踏出火車，來到敵唐寧之前發生了甚麼，你也沒有印象吧。」

「『本班列車已到達狄唐寧終點站，所有乘客請離開車廂。』火車站滿是蒸汽，空氣中瀰漫了柴油的味道。」

可再之前呢？

「你⋯⋯那我⋯⋯」林先生本能地伸出手掌，正反兩面反覆觀察，好像這樣就能理解自己，就能理解自己是甚麼。

「不是這樣的。」尤早提醒林先生，老人性情異於常人。林先生在老人彎腰拍自己的肩時，看到老人在瘋癲中眼睛有著深邃的靈光，內有一片智慧的森林和宇宙。老人接著說：「你不用懷疑自己，你是個很好的人。根據我的理解，你早通過了所有測試，言則你是如假包換、百分百的人類。除非我的理解中有致命的錯誤，至少我認為是沒分別了。我們這世界雖然很殘酷，可是不會玩那種累人的

俗套小把戲。所有人都有一個回憶個人歷史的限期。那是一道保護我們的自我意識閘門，令我們不能記起更早的事，否則頭腦會因為遠超出負荷而精神崩潰。讓我們這樣想吧，有些人的限期早一點，只是你的比較晚。」

「那麼？」

「你不是初到此境。」老人拿起桌子上的煙斗，吸了長長的一口，說罷看著尢。

林先生憂心忡忡地聽著。尢接著說：「我想你有大約看過手稿吧。裡面有提及我們這世界的構造。簡單來說，」他指指從老人的煙斗飄遊出的煙。「你可將我們的歷史理解成一條條弦，就好像物理學家拉奏的小提琴弦。透過彈奏這些弦，它們會以不同頻率震動空氣，產生不同音調。我們將這些震動的弦以橫切面來看，就儼如一個個環。再將這些環之間的時間間距縮小，就會變成一條管道。我們叫這做正統弦世界片。這理論不只看人類的行為正不正統、公不公道、有多對、有多錯，更重要的，是觀照出那一個『因人而異』、對當事人來說是為真實的正統世界，其他的都顧名思義是『旁門』、異說。正統弦世界片上面就包含了有關這世界的訊息。外面的世界是否這樣運作？我們不知道，也不用去知道，是外邊的人要知道的事。我說的是這裡的物理和邏輯，在外面可能是完全荒謬的，反之亦然。

你的人生，就好像一條這樣的管，密麻麻的弦圈。如果我們將之看成一個故事，一本故事書，你的人生就是這裡的一個章節。你犯過的罪、殺過或愛過的人、年代、地方，全部都在。可是假如我翻頁了……」

「就可重新開始？」一直纏繞住林先生身心靈的，都是他過往的罪。這是他故事的癥結，他整個人的錨，影響他所有的決定。他無疑想翻頁，想渾忘自己做過的差與更差的決定，也不想再記起自己一塌糊塗、一事無成的人生。他所謂「成」過的事，都是在消

解著生命，消解著他人的幸福，為的是甚麼？不過是最後一點都帶不走的半斤糧餉，加一些虛無縹緲的安逸。他是如此糟糕，不要說偉大到用盡生命去幫助他人，他如果可以少害些人就已經很好了。他所謂的燃亮生命，用的不是仁善，而是火藥：盯著那姓韋特的爸爸，面對著司令和戰友的壓力，他是怎樣用不成理的理由去埋沒良心。不是所有事情都是相對的，那只是該死的人不想做任何道德判斷和不想負責任的說法。世界上存在絕不正確的事，我們都心知肚明，只是虛偽得不想細碰。他也不期望前事可以一筆勾銷，做過的事，他不會不承認，也不得不承認。這是他追查下去的原因。即使罪孽深重，一念間他依然下了決心想改變，想得到自我救贖的機會。那當然不可洗清全身的污泥，但至少可豁免一點點失眠的責任。如果 —— 那是多天真的想法 —— 如果一切可以重來的話 ⋯⋯

　　他想起了從韋特大廈看出去那難得的月亮，一如常態的頹唐，末世與盛世、此時跟來世的交錯感。思緒中，響起了阿莫的歌聲，那好像一切都不重要，又使一切都重拾意義的聲音。那種動人不屬於天堂，而是屬於他的世界。他不會做夢要去挑戰人生或者改變那叫「世界」的東西，只想卑微地流放自己，也不是去多美好的異國享受，而是去更墮落的地方消融，之後在輪迴來去之間把握機會，天真地期望得到救贖。

　　「對不起，這是一個常見的謬誤。」尤詳細地解釋。當他進入思辯的狀態，便好像跳出頹靡，變成了另一個人。「你想像一下，時間不是一條直線，它是一條河流，它可以彎曲，也可以過了一段時間後往另一方向走。不變的是它一直在流動。重點是你的一舉一動，即是當你有機會重新來過，你會怎樣做。人的狀態在這條接連又自我扭曲的時間橡皮筋上是一直在轉變的，生與死，死與生，年輕到老，再由老到年輕，清白到負重罪，再回到罪孽較輕的時候。那是在變的，你做過的事，不等於沒有做過，可是你可以重來。事實上甚至可以理解為你能不斷重來，做很多無關痛癢、自我感覺

良好的選擇，直到你真的跳出去為止。」

「或者說，你這輩子所有的事都『已未』做過了。」老人幫助尤解釋。

林先生回應：「等等，那我剛剛才作出的選擇，也可以是『未做過』了？」

老人替尤進一步解釋：「小伙子剛才有一點沒說清楚。時間河是一直流動的。它的河水，流出了河口，經過太陽照射，蒸發成雲，再降落地球，匯到海中，那不是同一片汪洋嗎？總有一天它會回到那條河，只是『時間』問題。你正常設想得到的，早就在海洋之中了。」

「謝謝前輩補充。剛才我說到『跳出去』。萬一，舉例說，你是科學實驗意外造成的綠巨人，完全出乎意料地游出合理世界的海洋，跳出了大氣層，離開了這個水循環系統。成功的話，便相當於創出另一條弦世界片了。另外我必須提醒，我們當然可以鼓勵身邊的人積極變好，這是我們應有的態度。我們可以去改變生命；但萬萬不可的，是去改變他人的正統弦世界片。那不是屬於你的世界，而是神劃下的禁區。否則，下場可能就跟你的流浪漢朋友一樣。」尤攤開雙手說。

「所以 …… 我是剛剛從實驗室中走出來的綠色怪物？」

「不完全是。」老人拿起茶具，一手捧著茶碟，另一隻手捧起茶杯將茶往口裡送。

「今次是我回來彌補的機會？還是一筆勾銷了？」

「一半半。不是撤銷掉再重做，而是你知道已經發生了，便做些事情去讓自己好過一點，也可能讓對方好過一點。總之就是主觀意識上感覺良好一點。」尤說：「你主觀意識感覺好一點，說不定你的世界也會朝著那個方向發展，你會突然『覺醒』。誰知道？」

林先生腦海中立即浮現出阿莫說的話。大環境雖不可變，但那極微小的空間裡，還是可以自己決定去行一點點的善意。那也是算

在內的。

老人徐徐道出：「跟我們所有人一樣，你不是神，你不是無所不能的，但你有重塑世界的能力，即使多細微也好，聊勝於無；跟我們不同的是，你開始意識到你自己，也開始真正體會到你的原罪，並且帶著這些負擔，替你自己 —— 也替這個世界 —— 走出一條新的道路。」

林先生的腦袋好像忽然多了很多東西，負荷很重，他側過頭來，又搖了搖頭。

老人指向桌上的一根蠟燭問：「我想你做一件事：記住接下來的那種感覺。那邊有多少根蠟燭？」

林先生不虞有詐說：「一根。」

「不對。」老人表情矛盾，臉帶嚴厲地笑著。

「兩根？三根？沒有？」林先生看著燭光搖曳，一方面覺得這是小孩玩的智力題，另一方面懷疑這是否普尼教的催眠玩意。

「不。全錯。我要的不是正確的答案。該死的教育！」此話從身為頂尖的學術殿堂 —— 古英格蘭大學 —— 成員的老人嘴巴說出，甚為諷刺。「我想知道和從你口中聽到的，是你自己的答案。你本人，用自己的語言，說出自己那些可堪深邃思考的想法。

不要忘記：異想，才可天開。」

林先生從來不自覺聰明，可是這一刻直觀地嘗試領會，好像明白了甚麼。

「一根。」

「再來。」

「一木艮。」

「再來！走那該死的、沒人走過的絕路！」

「一根！」林先生聲嘶力竭，尢想上前阻止，反被老人擋開。

「再來！」

一十人 ……

The Treatise's Strings: Babelians

一人」曰「十¡丨卜

老人連忙打開手稿，放到林先生面前：「現在你看看這有甚麼不一樣嗎？」

林先生有種似曾相識的感覺，跟上次不同的是：讀不懂任何一個字，卻認識每一句。他忽然間頭痛欲裂，搗住耳朵並吼叫。尤來不及反應，老人則受驚嚇，手稿從指間慢動作地滑落，又慢動作地翻起，掉落時壓著一層層空氣，有如水翼船滑翔，最後緩緩降落，一地都是紙張。

猛地從幻覺中醒過來的林先生冷汗滿臉地流，流過他的眼瞼，導致他睜不開眼。大腦無法處理心中閃過的千百個念頭，就像一個球在裡面不斷反彈，直到用盡所有能量，到達臨界點，才跟真理接近了那麼一點點。就那麼一點點，已快要耗盡靈魂了。

老人被眼前的表演征服，以其古英格蘭腔調像話劇吟誦說：「巴沙爾那博物館中有水晶球。我就知道。傳說他家族那該死的祖先沒有淚腺，能俯瞰世情卻缺少了人最基本的情感，於是接受了魔鬼的『韋特之淚』，被詛咒要世世代代做這回事。我必須承認他們今次做得不錯。」

戲劇過後，吊燈晃動，老人好像留意到甚麼，說：「就跟偉大的偵探小說作家寫的一樣：『當排除了不可能的事物，剩下來的不管有多不可能發生，都肯定是唯一的真理。』就好似『要有光，就有光。』那是唯一的可能，也就是真理。」

尤抱住虛弱的林先生，把他半拖半提到起居室的沙發上。他心生同情，問日耳曼老人：「那不就代表林先生自以為一直背負著的罪孽與磨折，都是前世的幻象？這樣公道嗎？」

他一臉正經地回覆尤說：「只要『拼盡綿力』，也就成了。

不是嗎？」

五

石板長街，世界終端
Pottinger Walk & The Terminal

「不是的 …… 不是的 …… 那沒有可能。」我的聲音在老舊的走廊迴蕩。「不是的 …… 不應該這樣的。不會的 …… 對不起，請你們原諒我。」

身上的經典新英格蘭風格外套上滿是油污，領帶也歪了，油膩的頭髮亂成一團。在走廊上快要體力不支倒地時，我靠著牆，努力握著一個銀色的袋子。昏倒之前，旋轉了九十度的畫面，有一株仙人掌。

我想起，對於我們那個在地圖局的辦公室來說，仙人掌是頗佳的盆栽。不用打理，也不用頻密地澆水，有空理會一下就好了。那是韋特的主意，說有點生氣。有點生氣？我當時表示懷疑。看到仙人掌，我馬上聯想起沙漠和那些礙事的蜥蜴。那種地方滿是沙礫，也沒有乾淨的洗手間。我怕弄髒了我辛苦挑選的時裝，也怕沒有體面的地方沖洗污物。

我想拿出智能電話，打給身邊重要的人，方發現沒有人好找的。在這種時候總不會只想到工作拍檔吧？難道工作了一輩子，提心吊膽地為著投資和那不存在的「明日」狂歡，到臨終結的時候，想的居然是僱傭合約，以及要打電話備案、請假和交代緊急事項嗎？地圖局會因為我不見了而倒閉嗎？不會。這一點我們都很清楚。沒有人是不可被取代的。人們總輕易忽略這一點，當關係不是建基於利益和實用考量時，人，才有真正價值。

現在想這些東西，有點兒太遲了。這刻我居然想摸摸仙人掌，證明我還有痛覺、還活著。根據不同的宗教門派，有些認為人必須好好跟從規範，持續從善，才能得救；有些則認為只要相信其宗教，即使終生行惡，但到最後一刻悔改了，還是能得救。我不知道我屬於哪一種，不過我姑且跟我人生其餘時間一樣，下個賭注，或許像炒賣物業似的，我也能贏。

我在心虛，我知道這行不通的。不過除此之外，我一生有過真切的反省嗎？太相信自己，太迷信大家都在迷信的事物。靠著滿是污垢的牆身勉強坐起來，看天花板上一閃一閃的光管，有一種剛從

急症室走出來又因手術後遺症要折返的感覺。

這一切恍如隔世。

回想起今早清晨剛起牀的時候，明明不是這樣子的。

「又是一則風暴消息。地磁風暴持續影響各地區，政府繼續懸掛突發災害警告訊號。市民不可在宵禁期間外出 ⋯⋯」電台消息把我吵醒。我睜眼看看鬧鐘，時間還早。

「先生，早餐準備好了。」

「放著就好了。」

「知道。」

我看了看放在椅子上，我心愛的米色外套。生活是多美好，好得不容沾染上一點塵。我換上衣服，配上謝西嘉買給我替換的襯衫和領帶；又整理好頭髮，修剪了一兩根特別長的。打理好自己的儀容，我便要回到地圖局，找出昨夜導致系統突然超出負荷的問題所在。

這時候早晨的清靜被打破。保安奪門跑了進來，傭人叫他先脫掉鞋子，他也不管。

「甚麼事？」我問。

他冷靜說：「有一班地圖局的人快要來了。」

「那是我的同事，不用緊張。」

「不是。」他瞪著眼對我說：「他們說要來拘捕你。」

「甚麼？」我失笑：「我做了甚麼要被捕的事？」

「收藏違禁品。」

「甚麼違禁品？我甚麼都沒有帶 ⋯⋯」莫非是那古稿？

「你想到甚麼了嗎？」保安問。

「他們是否說是書籍之類？」

保安想了想便點頭說：「他們引用了一條差不多一百年前的法例，我不完全聽得懂，反正說你傳閱一些禁止傳閱的東西。」

我感覺到自己臉色越來越沉。這樣說，難道昨夜出事，起因是 ⋯⋯ 我本人？也因為系統要預測的對象正是系統使用者和管

理者這十分特殊的情況，才會出現問題？那麼如果韋特沒有強行拔掉電源，系統當時可能就可以把我找出來？還有，助理豈不是十分無辜？

「我 …… 現在就要出去嗎？」

「慢著，其他人先離開。」保安說。

其他傭人不解，反對說他沒有這種權力，不知道他想做甚麼。保安從胸前的口袋中拿出另一張職員卡，上面寫著的是謝西嘉集團中非常高級的職位，於是傭人們只好先行避席。大廳中只有我和保安員。他命令道：「你不要跟任何人提及今早發生的事。集團內有緊急指引，如果重要人物發生這種情況，便要啟動緊急機制。現在先把你的手機和一切會發出訊號的個人物品放到這個特製袋子內。」

我一時間反應不過來，只好聽指示把東西放進銀色袋子。

他把袋口封好，遞回來給我。

「根據法律，他們沒有法庭指令是不能隨便進入私人範圍的。我們長期有人在裡面，所以提早得知了這件事。」他邊搜我身，邊說：「雖然他們會編一些聽起來很嚴重的理由，可是我們也有權拒絕。」

「拒絕？拒絕甚麼？我沒有犯 ……」

「你忘了自己犯的事嗎？剛才不是提及一本書嗎？還是古稿？」

「你怎麼知道的？」

「你剛才說的。」

「是你套出來的。可是你怎麼知道是古稿 …… 對，你們在我辦公室裝了監視器。」

「那不重要。掌握與保護集團的重要資產，都是我們的職責。」

「甚麼資產？我是 …… 我是一個人，謝西嘉的未婚夫。」

「我不在乎。現在是你要聽我的，不是我要聽你的。」保安認真地看著我說：「你眼前有兩個選擇：一，你跟他們回去，但你很

清楚他們 —— 即是你們 —— 那些繁複的程序和高定罪率。你也很清楚他們會公事公辦。二，你跟足我們的標準程序，去郊區大宅『靜休』。」

「靜休？」

「哪個字你不懂？」

我無法回應。

「這是集團法律顧問跟我們一同設計的標準程序。」

「你們是 ⋯⋯」

保安的表情比平時專業多了。他看錶說：「我們還有十五分鐘。你難道以為對於唐寧城十分重要的家族，住處守衛會隨便找來一個保安員嗎？我們很多組員都受過新英格蘭軍方級別的特種部隊訓練。聽著，你的第二個選項是，跟足標準程序，去郊區大宅『靜休』。其他的事，律師會處理。必要時，我們會當這兩天都沒見過你。」

他帶我進入位於低半層的廚房，在房子的中間樓梯處，拿開一幅畫，下面是一塊層板。他按下按鈕，旁邊出現通向地牢的門。我們往下走，有一個地下車庫，牆和天花都有一些殘破的宗教圖騰。這座建築物似乎一直座落在小型地下聖堂的上蓋。

「這裡原來是 ⋯⋯」

「檔案上說你會開車，沒錯吧？」

「沒錯。」

「我要回去應付你的同事。」

我尷尬地對保安說：「謝謝。我之前還這樣跟你說話 ⋯⋯」

他處理著手上的事回答：「昨夜凌晨之前我還以為我們頗投緣的。」

「不過你還這麼幫我，證明你是個好人。」

「這是我的工作。僅此而已。」

「希望我們會再見。」

保安沒有理會，用力關上車門。我按車上的地圖指示一路沿著

車道行駛。途中我偷偷打開了車窗，考慮了一些事情。

　　到達車道盡頭，便有兩位人員接我去郊區大宅。途中，坐我身旁的一位人員把電話遞給我。我望望他，他說：「空卡，追蹤不到的。」

　　「這不是非法的嗎？政府有嚴厲監管，平常人有錢也買不到。」

　　「除了法律上訂明的個別情況，而法律團隊已經解決了這問題。」

　　「快說，我在飛機了，訊號有點不穩，是甚麼事？」跟平時一樣，謝西嘉這樣問的時候應該心中有數，只是循例的開場白。

　　「對不起，我 …… 其實 ……」我不知從何說起。

　　「為甚麼這二十四小時內這麼多事發生？跟昨天機組問題有關？」

　　「不知道，可能。」我倒沒有反應過來。

　　「你有份文件，不是嗎？」

　　「是。」

　　「你聽工作人員的指示，他們會處理。」

　　「處理？」我怔了一會。「你又想我嫁禍給助理。」

　　「一如以往吧，還是你有更好的方法？你收到的郵件應該都是她處理的吧。」

　　「可是 …… 是我打開的，也是我拿回家的。」

　　「你或許要想清楚，『好好地』說你的故事。」謝西嘉把機上的集團法律顧問叫來，討論了一會，跟我說：「總之你現在去靜休，不要離開大宅，也不要在律師不在場的情況下說任何話。你等一等 ……她交文件給你時，有沒有第三者在場？」

　　「沒有。」

　　「那就對了。韋特也沒跟我匯報。」

　　「韋特 …… ？」

　　「這你不要管了。我們有更大的麻煩要處理。之後你打開文件時 ……」

「她已離開了。閉路電視也拍到。」

「誰會知道？」

「…… 你？」

「我們拍下的閉路電視片段不是地圖局可以得到的資訊。就算他們駭進 ── 而我知道他們可以這樣做 ── 集團的電腦，非法得來的資料也沒有用。」她又跟律師商量，說：「如果你好好回想的話，關於這事件的經過，你暫時的說法應該是：她因為猜到自己快保不住工作了，便想玉石俱焚，利用手上的黑材料誣告你，卻被你發現了。你沒有保存文件的意圖，只是因為在深夜並且無相關知識下，想盡公民責任，待詳加判斷後肯定了是違禁品才去報案，以免冤枉好人及濫用官方資源。

嚴格上來說，你並未『管有』過它，你的角色是被動的，法律上你並未有申領它或以任何形式表達過它的擁有權屬於你，它只是『暫時被助理存放在你處』。你也沒有『傳閱』它，而且在不想犯法、不想冤枉工作夥伴、不想貿然加重執法部門負擔的全面考慮下，無奈地沒有阻止它暫時被放在一個安全的空間。你也不想違反夜間宵禁令，不過事關嚴重的指控，你想找你的未婚妻和她的法律顧問商量。我們的律師可以做證。在法官眼中，你只不過是一個好公民。」

「可是這明明不是我昨天找你的意思。我也沒找過律師。」

「你太緊張所以忘了。我剛跟律師確定好了，這的確有發生過，這方面你不用擔心。」

「那助理呢？」她不是「好公民」？還是她也不算是一個人，只是資產？

「她不是我們這邊的人。對他人殘忍，還是對自己殘忍，你要做決定。不對，是我們要做決定，而這決定已經做了。」

「慢著，你說『我們』？我還沒有表態。你這樣排除我，然後 ……然後這樣對她。」

「我說的『我們』是我還有集團的法律團隊。很抱歉，我們不認為你現在的狀態能處理好這件事。」

「我很清醒。」

「我以為你昨晚深夜已經明白了。」

「是，你可以監視我。也可以把她辭退，但今次的事，後果比純粹辭退她嚴重得多，這要坐牢的。」

「你以為你半夜無視風暴訊號在外面開快車，就沒有後果嗎？是誰替你擋下來的？」

我記起昨夜凌晨剛到她家時，她的房間在半夜還是亮著燈。我抓緊頭髮。

「親愛的，你在理論工作上很優秀，不過現實生活中可有點落差。這件事我們已經決定了最佳處理方案，如果你不同意，我們會找精神科醫生證明你的精神狀態不適合作供，之後我們會成為你的監護人去處理餘下的事。」

為甚麼會這樣？

「那古稿方面，他們應該早晚會到你家破門獲取。律師說這不全然合法，不過地圖局執勤人員總有辦法的，譬如『剛巧』聽到報案人說裡面有人叫救命之類，基於救人的原則，不得不進去，才會『剛巧』發現你的古稿。發現指紋也是時間問題，不過不影響我們定好的說法。你有時間的話，不如想一下古稿是否真的是你一直相信的助理的把戲。或者你心理會平衡一點。」

時間問題？我想了想，是因為機組運行不良，而罪惡範圍無法縮短至兩分鐘嗎？否則怎麼會過了幾小時才進行行動。於是機組在重新運作後，又要重新處理很多個案才輪到我。

我掛了電話後，仔細想想當時在電腦的發現：有幾件已復原的模擬案件。其中有市中心的縱火案：滿臉鬍子、衣衫襤褸的壯漢燃燒後巷的垃圾堆；一宗打劫案：吸毒的女人搶走他人財物；又有一個可以打開的檔案，發現異常情況發生在現在而不是過去的古英格蘭大學，而且出現的資訊跟現存的有衝突。

假設助理沒說謊，那文件怎麼可能不著痕跡地，突然出現在地圖局的郵箱中？古稿不會突然憑空出現，也不會突然從粒子拼湊

而成。除非 …… 除非它一直在一個沒人管有或者傳閱的狀態，直到現在 —— 準確地說，是昨夜凌晨 —— 才突然被知道位置的人取出，放到我的郵箱。因此才帶來這麼多危險和麻煩，以及迫使我做一些本身不想做的決定。

我痛恨給我帶來這些苦惱的人，彷彿把我玩弄在股掌之間。或許這就是我不相信上帝的原因。我只想好好地過活，享受這個人生。我沒打算承受苦難，更不想犯下祂逼我犯的罪。我可能不是完美的，可是除非迫不得已，我也沒故意去害人。助理算不算？但那也只是我登上高位去造福社會令更多人受惠時，不小心出現的枝節問題。像謝西嘉所說的，我們是有重大任務的人。而且我們是多麼光鮮的人，各執一詞時，法官會相信誰？我沒興趣理甚麼天上的事，我只要知道在地上的法官相信哪一方，就可以了。

別想這些無謂的事。回到時序的問題上，那麼我一開始的大膽假設未必是錯的。古稿的確有可能是在某個時刻出現。它是古稿，殘破成現在這個樣子，還要幾層保護，肯定是寄件人也知道它的脆弱。那麼理所當然地，它是出現在過去某時刻。一、二百年？五百年？上千年？誰知道。之後一直在那，直到不知從何得知道其位置的寄件人開始行動，取出古稿。可能就跟我之前想的一樣，隨便找個人替他放進信箱。如果是的話，系統在幾小時後找得到我，應該是之前累積的案件找得差不多，那也會找到其他人，即是可能存在的遞件者和更重要的寄件人。

我問了身邊的人員。目前所知，涉案的人暫時只有我。

似乎有點眉目，不過我還要確定一下。我必須小心行事。萬一又預測到我有犯法的企圖，系統會在原本的罪行上再預測並新增罪名。我必須善用我的經驗和技巧，做的事必須合法，計劃中不要有犯罪的元素。我借來空卡，打電話給助理。我想確認一點事。

「是你？甚麼事？」看來謝西嘉那邊還在行動當中，尚未影響到助理。

「我想見一見面。」

「為甚麼？我交代的事有問題嗎？」

「不，是其他事。」

「我已經交齊文件，據我所知，我沒有拖欠地圖局甚麼。我連文具也退回去了。」

「是關於昨晚的事。我不想在電話中說太多。見面再說？」

「等等，我已不在地圖局工作，也不再是你的下屬。」

「是的 …… 對不起。」

「那跟我沒關係了。」

「難道你不好奇嗎？純技術而言怎會出現這情況。」

「嗯 ……」

「這是一個機會，或許我們可以找到真相。」

「等等，這是你嗎？你出現在新聞裡，他們在通緝你！」

「那 …… 是的，很複雜。聽著，我需要你幫忙。我們時間不多了。」

「是你 —— 是你的時間不多吧。」

「我很遺憾地說，他們似乎很快會追查到你身上。畢竟昨天你巧合地被辭退了。」

「被辭退沒有犯法吧。」

「那也是你遞給我的。」

「你說那文件？我怎麼知道裡面是甚麼？」

「他們又怎麼知道你知不知道或者怎麼知道？」

「我好好解釋就好了。」

「我想 …… 因為我這邊有謝西嘉家族，所以，情況未必有你想像中那麼樂觀。」

「該死的。」

「你幫我的話，或許我們可以把犯人找出來。」

「等一等，老師，你怎麼知道幕後策劃的人不是我？」

「我不知道的，我 …… 只是純粹相信你。你的人品。」

「如果猜錯，你知道後果會很嚴重的。」

我不發一言。

「謝謝你。不過,你也改變不了你是個混蛋這個事實。你辭掉了一個無辜的人。」

我正想定好地點,電話卻被人員搶走。

「你們做甚麼?」

「你不能見她。」

「為甚麼?」

「這是指令。」

「去死吧,甚麼指令?」

「將你帶到大宅,等待律師下一步指示。」

我無計可施,望著窗外的樹林。平常沒甚麼事我也不會來到新英格蘭的中土地區。這區多是平原,有著樹林圍繞的湖泊和寥寥幾座高山。

在藍天計劃初期,我們的研究多借用古英格蘭犯罪學院辦公室來進行。那裡的保安比現時的地圖局鬆散得多。我們都很集中精神研究,在得到注資之後,才知道這計劃的價值已經超乎我們所想。於是不得不設計好後備方案,以策萬全。其中一個,便是定期備份,把資料放在一個人跡罕至的祕密地點。我、韋特、助理三人中只有交錯的二人知道這幾個確切地點。我希望助理還記得,也會意到我跟她才知道的備份地點,正正在中土的一個樹林內,我們可以在那邊見面。現在我要集中精神思考的,是如何逃脫。嚴格來說,那不算犯法,因為我本身已是逃犯了。

行駛中的車速甚快,車門也上了鎖。車組人員有兩個。他們手上有智能手機,也有伸縮棍,跟他們正面交鋒是不可能的。我必須要想辦法引開他們。我或者可以想想利用兩分鐘誤差,把他們引導去會犯法的狀態?不過,這樣做的話,我不就利用了幫我逃離大宅的人,還推更多的無辜者去犯罪嗎?我制止自己,這可不是想這些無謂事情的時候。

又或者,我可以純粹「利用」兩分鐘誤差?

「我們還有多久會到？」

「大概還有二十分鐘。」

「剛剛才想起一個問題，來不及了 ……」

「來得及。根據標準程序 ……」

「那程序是你們保安隊跟法律顧問編的，可是沒有參考過地圖局科研人員的意見吧？」

他們靜下來，在倒後鏡中對望了一下。看來我猜對了。

我看看錶說：「昨天系統故障過，所以追捕才會大幅延誤。我想 …… 我們可能還有三分鐘吧。」

「你在說甚麼？」

「我離開前故意做了一件事。跟大宅保安道別後，我按著車上文件的指示，開到車道的盡頭。途中我打開了車窗，考慮了一些事情。我扔了一根點著的火柴到旁邊的雜物上。那不是一個理性選擇，系統會將它放在最後的考慮選項上，直到人工智能監察到煙霧並修正。」

「可是你為甚麼要這樣做？」

「我們每一步都在它計算之內。只有這樣，才可反客為主。」

「我們靜待著不就好了？而且這樣你就再多一條罪了。」

「在自己的地方放火，我想跟私藏違禁品比較，應該還好吧。你們不知道，這犯罪地圖系統的人工智慧技術，人類是沒辦法贏的，只能用特殊的方法。現在沒時間了，你們聽我說 ……」

「根據標準程序 ……」

「去他的標準程序！」我平時說話有禮，他們沒料到我會這樣說話。「我也在考慮最切身的問題。我比你們還要緊張自己的安全！你們聽我說，暫時不要通知任何人。一個繼續開車去郊區大宅，就好像我一直在車上一樣，在上方有樹擋住衛星裝置時，自然地減速。另一個跟我一起，到時打開車窗跳出去。」

「可是，這真的不符合程序。」這令我想起獨立管理委員會那些行禮如儀的程序。當時我們都衣冠楚楚地說著文明的話，跟著文明

The Treatise's Strings: Babelians

的程序，走著早預設好的劇本。原來到頭來我心底真的從未相信過那些鬼東西。

「你想想如果我被抓了，你們還保得住這工作嗎？如果你連設計系統的人都不相信，又還能相信誰？相信那些根據他們膚淺的理解去制定程序的門外漢嗎？」說完我深感這跟宗教和其代理人也是同一道理。

「快到前面樹林了。」

「我比你更在乎自己性命。」我見他不太受此思路影響，又說：「想想你的工資。外面找得到嗎？我有事，你們也會有事。」他終於被說服，點點頭。我慶幸他不是今早大宅內那位保安，那位比這位意志堅定多了。

「我已經開了門鎖，開始減速，我現在數三聲，你們便馬上開窗跳出去。一、二、三！」

我們應聲開窗從兩邊跳出車。我故意在最後稍微絆了他一下。保安在落地時不穩，扭到了腳。為免被衛星圖監控到，我快走過去，扶著他走進叢林。幸好時間尚早，而且地方比較偏僻，附近沒有其他車和人路過。

「避開陽光，否則他們在上空的監測系統就會見到。你的腿還好嗎？」我嘴上在問，心裡卻在盤算如何離開。

「還好 …… 對不起，我連累你了。」

「不，不要這樣說，我們先找個地方檢查你的傷勢吧。」

我扶著他走進了樹林。這個湖區的樹木似乎都有上百年樹齡，參天的樹幹用自然的方式完美地隱藏了科技本來輕易監測到的足跡。

「啊 ……」我捲起他褲管時，看到他的腳踝已經紅腫了一大塊。雖然有點內疚，可是也沒能想太多。我沒有更好的選擇。

「對不起，先生。我想我走不下去，你自己先走吧。」

我在四周張望，尋找路線。

「先生？」

「是。」我無意識地回答，也鬆開了領帶，敞開了外套。剛才跳出車廂再在旁邊草叢翻滾時把外套弄髒了，我也無暇兼顧。他叫我時，我才回過神來說：「我想問你一個問題。」

「是的。」

「如果，如果你不是為了這份工資，你還會不會冒險幫我？」

他沒想過會有此一問。

「算了，我也不知道為何會這樣問這麼令人尷尬的問題。」

「會啊。」我望望他，聽到的彷彿不是真實的語言，而是超脫世俗的。他續說：「會。保存和研究學問本來就不應該有罪。我是抱持著這份信念，去做這份工作的。」

那是甚麼意思？這是多簡單的道理，為甚麼我以前沒想過？又為甚麼我工作時沒想過去改變法律，一旦干犯了便馬上認為自己犯了罪？我望著他發呆。是我故意這樣絆到他的，令他受了傷，受了苦。他沒有責怪我之餘，還為拖慢我的速度道歉。現在還說不是為了工資？這樣的人難怪會受剝削了。我在一個不認識的人身上做了這麼多壞事，雖然稱不上是邪惡透頂，但也不是甚麼光彩的事。我應該替自己感到難過，是嗎？

「我不是甚麼偉大的人。只是平凡地生活，求兩餐溫飽。可能因為這樣，才有空間保存到自我吧。」他禮貌地微笑著說。

他的笑容震撼了我。我在做甚麼？為了脫罪，我還要傷害多少身邊的人？我不知道，或者我真的不如我想的那麼光鮮。或者，我要求的比兩餐多了太多。我的所謂「身不由己」，是一種奢侈的追求。

「我 ⋯⋯」我看看自己雙手，好像就能從中看出生命的甚麼。之後抬起頭，我不敢正眼望他。「其實我，剛才說了謊。我沒有放火。我只是想反客為主，我很怕會被拘捕，很怕要上庭。」

「不要怕。沒事的。去吧，去做你覺得該做的事，剩下的交給上帝打點。」

「嗯 ⋯⋯ 你小心。我去 ⋯⋯ 我先去處理好這件事。」我沒有

聽懂他說的話，便轉身離去了。

「收好古稿。」

我難以置信，停下了腳步一會，才繼續往前走。思緒混亂過後，想起他剛才捲起了制服時，露出右手內側一個馬爾他十字的小紋身。沒有宗教信仰的我，當時也沒有多為意，可能只是個裝飾吧。

我盡量回憶這地區的地形和避開陽光。在高大的樹木中間遊走的我，像一隻細小的昆蟲誤入了一台人類的電腦內，嘗試在陌生而複雜的環境中走出去。沒有智能手機的幫助，我不太辨識得出方向，開始迷路。口渴了，也不太知道該怎麼辦。我可以喝地上小水窪的水嗎？還是要像野外求生節目般喝露水？即使沒有陽光，氣溫也隨著正午來臨而上升。我開始流汗，又必須空出雙手撥開阻礙前進的草堆。

走了好一會，終於來到了湖邊。即使來過的次數不多，但只要我沿著湖邊走，就可以找到備份點了。我先走去湖邊喝水。水的味道有點怪，不像平時在高級超級市場買的泉水的「天然味」，不過有水就好了。我喝了幾大口，又想到這些未經蒸餾處理的水可能會有大量細菌，心想我怎麼會這麼倒楣。我坐靠湖邊大樹想：抑或這是我自己造成的？

是不是像猶太朋友說的一樣，我破壞了一些生而為人應有的基本責任？

我頭靠樹幹，樹蔭之間的葉子於風吹間擺動，我便自然地合起眼來。這看來就是人們喜歡在大自然旅行的原因。只希望人類不要做甚麼世界大戰之類的蠢事情，把這些漂亮的流水綠蔭破壞掉就好了。人類創造了可以瞬間毀滅世界的武器，就是生產不出反過來可以瞬間煥發生氣的裝置。幾乎可以想像，在某個世界，武器早就被啟動，文明在邊緣掙扎求存。

理智馬上叫醒我，要繼續前往備份點。

到達備份點時，我沒有見到助理。我心想，或許她根本沒有為意，又或者有為意，卻不想理會我了。我坐下休息。及膝的外套

背部，有一個頗深的內袋。我從中抽出了古稿，還好我有先用個膠袋簡單包好，才放在身上，否則汗水及身體活動早就弄污甚至弄毀部分古稿。

「你真的來了？」這時我聽到助理的聲音，連忙站起來。她說：「你還好嗎？」

「我 …… 我還好。你還好嗎？有人來找你嗎？」

她搖搖頭，看來地圖局還未追查到她身上，或者謝西嘉的團隊還未引導事情往那方向走。

「那就好了。」

「你叫我來是甚麼回事？等等，我過來時想了一下，這事上面我跟你是同坐一條船的。走廊的閉路電視拍到我拿著急件，逍遙地吹口哨的樣子。那就是百分之百『傳閱違禁品』了。這樣說我肯定不是設局那人，除非我想自己也被控。而且，這樣代表我自己也將會被通緝吧。」

「…… 恐怕是這樣的。」

「老師你剛剛猶豫了一會。」

「我沒有。」

「我的天！你又想嫁禍給我？」

「等等，不是你想的那樣 ……」

「那是甚麼？你又想推說是未婚妻做的事嗎？聽清楚，這些都不是別人逼你的，你這個有被害妄想症的男人！是你自己，是你自己的決定，你這個懦夫！」

她一拳打在我的手上。我的手有點痛，而我那久未出現的良心更痛。

「你這個人 …… 你真是個他媽的混蛋。」

我沒有反駁的餘地。這是謝西嘉的主意，也是我隨便掙扎一會便為了自保而同意的決定。助理說得沒錯，是我自己的決定。我沒有任何可以用的藉口，也再沒有詭辯的空間。

「對不起。我 …… 我 …… 我會叫停他們的計劃。」我的聲音

很微弱，是無地自容的一種。「對不起。由辭掉你開始，就是錯的。我 …… 我沒有辦法推諉。」

「去你的，還有去你的未婚妻。你們這群人到底有甚麼毛病？為了保護自己，就完全不理會身邊替你工作的人？為了在你們那小小的世界裡面成功和沾沾自喜，就可以不擇手段，為所欲為？」

「對不起，對不起。」

「真是不可思議。」她扶著額頭，不住地搖頭嘆息。

「他們應該會追蹤到你的訊號，快要來到了吧。我會坦白地說，這些跟你無關。我也不知道是誰在玩弄我。可能是天意，隨便。」

「一件事歸一件事。你們都是混蛋，可是那不知道是誰對我們做的事，也相當於插贓嫁禍。而且我沒那麼笨，我在路上想到可能被追蹤，就將所有電子設備放在加密袋了。」她給我看看她手上重甸甸的銀色反光袋子。「之後便走路過來，避開了民居，也避開了開揚的地方。」

「謝謝。」

「不用。我也是為了自己，畢竟沒有人可以相信，不是嗎？」

我愧疚地低下頭。

「所以現在怎樣？我們自首？還是等著被抓？那該死的定罪率。而且你未婚妻一定盯著我不放的。」

「有機會，只要把那幕後犯人找出來，就可以水落石出了。」

「有這麼容易嗎？雖然犯罪地圖局的人不少，可是排除後最相關的人，的而且確，不是你，不是我的話 ……」

「你還記得我一開始有一個大膽假設嗎？是『過去』發生了異常。」

「可是你過了一會就推翻了不是嗎？」

「對，但犯罪地圖的運行邏輯是有局限的，它不是能全盤預測人類行為的裝置，它十分聚焦在犯罪的行為上。當然，我們不能排除有一天機體足夠強大，它可以模擬所有東西。不過這不是現時

的情況。換言之，只要不牽涉罪行或者疑似違法的資訊，它不會去處理。」

「好，所以？」

「所以，若然這古稿，只是一直存在，安放在某個祕密的地方，我們根本不會見到任何警號，也不會有任何個案出現。直至，」

「直至有人拿到它，再打開它。」

「因此，的確這是『現在』出問題，但同時，也是『過去』出了問題，無中生有出現了文件，否則這是不會跟現存數據產生矛盾，以致系統超負荷的。」

「為甚麼是過去？你剛剛說了，可能一直在一個祕密處。」

「如果是真的，怎麼可能有人過了幾十或幾百年後知道它的位置？之後把它交到系統使用者手上？有這麼巧合嗎？」

「所以目的是 …… 是甚麼？想測試一下人性？有個神祕攝影機在角落捕捉我們反應，那種惡作劇電視節目嗎？」

「應該是有原因的。而且一開始也要有人把它從祕密位置——一個普通人不可能意外到達的地方，可能是高山、深海底、月球、太空深處——拿出來，放到局中。正常來說應該還有至少一個人犯了法。你想想那晚發生的事？」

「我收到通知，之後打電話給你，你在洗澡，之後我們一起去局中，然後韋特進入電梯，再之後 …… 他忘了門卡，你向我解釋了一會，他又回來了，我們見到閃得整個房間通紅的紅燈，接著韋特拔了電源。嗯 …… 等一下 …… 哦！哦！」

「我們還未能完全、絕對地確定。而且上了法庭，法官要處理的純粹就是有沒有犯法。我們確實有接觸過，也有傳閱過，我們便是有罪了。結案陳詞後，會為我們安排監牢位置，而且我知法犯法，罪加一等。地圖局、執法人員、法官，所有行政人員都可以很高興地結束一天的工作。」

「你不要說下去了，我不像你，我沒有大靠山。」

「你覺得到時我對我的大靠山還有價值可言？」在助理大罵

謝西嘉之後，我想我也要開始接受這遊戲了。

「那麼 ……」

「像你說的，這是插贓嫁禍。只要我們找得到那個人，我們就有扭轉決勝局的機會。」

「決勝局？哈哈，」她瞄住我眼睛說：「我很久沒見過你這充滿衝勁的樣子了。而且身處這個我們當初定好的備份點。事情好像開始有點意義了。」

「現在，我們要擬定好一個計劃。找到那個人 ……」

「然後呢？我們也不能屈打成招啊。」

到了推理的終結，有點阻滯。

「慢著，這裡上面寫了甚麼？」

我透過透明的膠袋，看到手稿上寫著「普尼斯雅拿」，這個既陌生又有點印象的名字。

「我好像 …… 在哪裡見過似的。」

「普尼斯雅拿之路？弗莫隧道？咦！巴別塔？巴別塔有一個版本跟弗莫隧道有關的，是古老的文獻，會不會跟古米歇爾人的聖經有關？我們要去找你那位朋友。」

我想了想，的確有可能，問她：「可是跟我們的計劃有關嗎？」

「雖然現在我們不能回去地圖局，但好處是門卡在你手上，代表誰也進不了終端機房。不過，我們就算猜到犯人身份，甚至乎主機房當晚發生的事有人證物證，也還差一點的，還要知道他的動機。」

「動機 ……」

「你不是說應該有原因嗎？可是我們不知道，而答案就在這裡。」她指著古稿。

「可是 …… 我跟他已經不算是朋友了。」

「生死攸關，你還在顧面子嗎？」她責問我。「我想這是頗安全的選項，這種時候不會有人覺得你會去找一個絕了交的人吧。」

「我們就這樣去？」

「對啊。他提早退休了。你應該記得他自己建的那所房子吧。」

我們走出了樹林，幸運地截到一輛順風車。那是用來載貨的，而我們要跟一群綿羊坐在有頂篷的後座。後座只有沿著車身用木頭搭成的窄長椅，我們對坐。除了異味、羊叫聲和顛簸，彷彿置身於人間的雲端，被傳送到他地。

「這件事的『真相』，未必真的這麼重要。」

「這對我是最重要的。」我說。

「我意思是，那當然重要。不過更重要的，是我們經歷過這些事後，內心有沒有改變。就好像地磁風暴，你相信它存在，就會不敢出街；不相信，便會覺得沒甚麼可怕的。被你辭掉後，我好像明白了甚麼。我們的人生都太多畏懼，小時候怕成績不好，怕沒有朋友，怕沒帶書本，然後小學上中學、中學上大學、工作、置業、生兒育女，大家圍著討論時，總很害怕比人落後甚麼，一直在擔心、惶恐之中度日。我之前也在怕，怕年終的工作表現評估，又怕跟同事相處得不好。因此我才買生日蛋糕給同事，偏偏又沒有同事記得我的生日。」

「我想起韋特提過，他很喜歡你給他買的生日蛋糕。」

「是嗎？不過都不重要了。之後我可能一輩子都不會再見到他和其他同事了。我反而自在了，跟別人比賽，趕上了或者贏了，有獎品嗎？每個人都有自己的步伐，要找自己的意義。否則那些每日營營役役、無意識中所得的，死後一點都帶不走。」

「我想，你的生日蛋糕，的確替他們帶來過歡樂。這不是工作的主體，卻反而是最後人們會記得的、有意義的東西。我很抱歉最後你在地圖局的日子是這樣結束，不過那是有意義的。」

「你呢？今次結束之後，假如沒事了，你會怎樣？」

「那視乎謝西嘉，好像說要搬家。不管怎樣，她都還是我的未婚妻。」

「她知道你逃跑，應該會很生氣吧。」

「我不知道。」

「讓你再選一次，你仍會這樣走這條路嗎？」

「或者吧 …… 我也不知道。假設環境一樣，可能我做的也是一樣。」我摸摸旁邊的綿羊。

「那麼，就算給你再活一百次，你也不會改變。就好像我們做的模擬，每個模擬裡面有人再做模擬，如果條件一樣，結果也一樣，那模擬人的人，也不會有改變。有個問題就是，假如是這樣，整個人類的故事一切都是定局了。上帝如果真是全知全能的話，有必要把他知得一清二楚的事再演一次嗎？」

「你試過重複看同一套電影嗎？可能就是一樣的道理。不過就算怎樣看，你頂多有新的看法，電影作品的好和壞還是一樣的，我們都改變不了甚麼。」

我想起昨天在酒店餐廳那兩位女士。原來一日之內可以發生這麼多事。一天還未滿。

「也有可能，一開始上天就給你啟示了，只是你看不到。或者，有另一個世界，只要你改變了看法，就會改變了那部電影；可能甚至是同一件事，你多了新的看法，就多了一個世界。你肯定聽說過參與式宇宙：『萬物皆源自資訊。』宇宙起源不是像大爆炸一樣，先有體積無窮小而質量無限高的狀態，才有包括人類的宇宙萬物；而是反過來，在人類產生意識之前，宇宙就是一片不明的混沌。我跟朋友一直懷疑，參與式宇宙的提倡者在曼哈頓計劃中，就是在做這類實驗。」

「你跟你的陰謀論說得太遠了。」我心裡只是想著見到猶太朋友時該怎麼開口。過了一會，我們到達了猶太朋友所住的鄉間。他在這裡建房子本來應該是個大新聞。一名舉世知名的思想家，到了新英格蘭一個偏遠的地方，自畫圖則，不符合成本地設計和建造了一棟只有一個房間和一個客廳的小房子。他天生做事嚴謹，以前是讀工程出身的，喜愛把所有的細節都定成精確無誤的比例，有一點不滿意便要整棟拆卸重建。幸好他為人慷慨和語言天分極高，在該區待了不久，已經能跟當地人用方言溝通，成功融入社區。

左鄰右里中沒有人研究甚麼偉大的學問，只把他當成平常人、他們的一分子，會在酒吧內互相請客。

來到社區，我見到一個社區鄰里監察計劃的三角形鐵路牌中，有一隻睜開的眼。果然，不久之後就有當地人上前查問。我們一說是來看猶太朋友，他們便臉色一轉，振臂歡迎，領我們過去。我總覺得有點不自在，但又說不出來是甚麼問題。

這種郊區的好處是離外界遠，連電話也經常沒有訊號。沒有資訊，系統也自然無法進行模擬，畫面上以灰色處理。因為這些地方人煙太稀少，所以數據上是可忽略的。我敲了門，叫了他名字，等了一會，他便來應門。他打開了門縫，隔著蚊帳門說：「滾蛋！廢物。」便關門了。接著又聽到裡面關上房門的聲音。領頭的鄰居向我們笑說他最近患了感冒，也不喜歡他們介紹的醫生。之後便帶我們到後門。

助理問：「沒問題吧？」

「沒問題的，我們平時都這樣。前面不鎖門。鎖了的話反而有事，就必須從後門入去看看。這樣才符合這裡的禮儀。」說完便打開門，請我們進去。「不打擾你們了。我就住在最近的房子，大約走十五分鐘就到了。」

屋子裡幾乎甚麼多餘的東西都沒有，只有幾件木製的家具，和一些必需品。助理像著迷般看著其中一件。這張書桌看起來很平凡，就是做工很漂亮，打磨得精細，也打掃得很乾淨。助理微微歪頭看書桌，並向我示意，我也跟著稍側起頭來看，發現這桌子不是工整的長方形，而是些微的梯形。看來也是請木匠特製的。室內其他家具都看似正常，細看方才生出詭異之感。

猶太朋友打開房門，像看不見我們似的，逕自拿著書本走到書桌旁，坐下來寫筆記。

助理打破沉默說：「請問，可以幫個忙嗎？」

「你們擅自走進別人的房子，還要求幫忙？」

「你還記得他吧？」助理指著我。「可以 …… 理會我們嗎？」

「不是人的廢物。你有見過一塊木頭走進房子內，主人還會替它倒茶和奉上餅乾嗎？」

「對不起。」

「你要道歉的人可不是我。」他轉身面向我們說：「終於闖禍了？」

我垂頭喪氣。

「你最好給我一個理由，讓我不必用全村唯一接通外界的固網電話報案。」他指了指房子一角，一部用膠布固定，像正常電話拆開後改裝過的機器。

「出現了奇怪的狀態……」

「入正題吧。」助理打斷我說話，把古稿遞給猶太朋友。

他半信半疑地示意助理打開膠袋，並一頁一頁放在桌上，再替他逐一翻頁。

「或許是有人想擾亂我的思維，搞垮我的理智，這些東西全都不應該留在這裡。那些數學公式的部分，扔掉！誰要管哪些不重要的、沒有經過數學哲學洗禮、浮沙上建造的東西！全扔到垃圾桶去。我們關注的是原理和邏輯，其他都是可推導出來的。」他一讀表情便變得詫異，又變得不置可否，問：「你們從哪裡得來這東西的？」

「不知道。」

「幸好我沒有碰過，否則我想我可能已經犯法了吧。這位年輕的女士，很抱歉我請你翻頁，你被捲進來了。不過我想你早已泥足深陷了？」

「是的，而且老師還把我辭退了。」

「狗雜種。」說著他一把拿起報紙扔到我臉上，又對助理說：「你是證人，這是他帶來的。我連碰都沒有碰。」他又轉過來跟我說：「你現在知道為甚麼我要提早退休，來這個偏僻的地方住了。你跟你那該下地獄的系統。雖然我住下來感覺也不錯，鄉民比古英格蘭校友好多了。」

我現在才恍然大悟，知道他離群的目的。我們設想得很完美的系統，還是有其局限，不過這只是技術問題，只要……

　　「你在想那些該死的無人機，可做成一個大氣層中的訊號發射器，再提供一些廉價甚至免費的上網服務，來全面監控整個新英格蘭嗎？」

　　我只想到了前半，可是他想的確實更前瞻更圓滿。助理只聽說過他的名字，親耳聽到這些對答，讓她嘖嘖稱奇。

　　「可是你走運了，這不是害你的玩意，而是救你的。」

　　我想了想，這古稿不就是我面臨的牢獄之災，失去工作、名譽和婚姻的原因嗎？

　　「你要放眼去看。上面寫的是通往弗莫隧道的方法。」

　　「你是說蟲洞？」

　　「有人這樣說。傳說人類──後來我們稱為巴別人──建造巴別塔，是為了展示自己的威能，挑戰上帝。也有說，他們其實只是做實驗。巴別塔所謂的『通天』，不是為了『通往天國』，而是為了『接通多重天』。你可以想想，以前有學者為了證明質量跟落地時間無關，上了斜塔做實驗。在那個很少人注意、軍旅作家考古發掘出來的版本中，巴別塔的原意也是那樣，是做實驗，人們說的那些科學實驗──不管你們怎樣濫用科學這個詞彙。

　　最後他們成功了，可是那不是他們該觸碰的知識，便引來災禍。不是說他們事後說不同語言，不能互相溝通，去了不同的地方定居嗎？他們有人透過通訊，召喚了另一方降臨到這空間，塔尖出現了通往『世界各地』的通道。也是因為這樣才觸怒上帝。上帝的原意不是『既然能做起這事，以後他們想要做的事就沒有不成功的了』，而是想保護人類，不要在不知情的情況去探索未知的地方。人類怎知道『想要做的事』到頭來是不是『最不想要做的事』？因此，祂才會用大風吹毀高塔，也吹毀通道。

　　這『各地』更有可能是指另一個空間。至於那是否物理上的另一維度，還是一種比喻？他們是否純粹因狂妄，被上帝允許窺見了

一些超越他們智慧的知識，再被貶下地獄；或者是否當中有義人在塔崩塌時上了天堂？總之，有人認為改變語言不是『不能互相溝通』的原因，而是因為那是一次滅世實驗，滅掉了一個空間的人類，也即是上帝對創造令自己不滿意的人類文明推倒重來的過程。

可是也有專家詮釋，按『各地』這說法，應該是有些人逃脫了，所謂的『義人』，去了另一個空間，甚至另一個時間。不要忘記，『巴別』也有『神聖之門』的意思。不是單純的地獄之門、天堂之門。你想去哪裡，或許它都能幫上忙。就好像百子櫃，身在一個抽屜，打開櫃門，便能進入不相連的另一抽屜。

因為那軍旅作家叫弗莫，所以研究巴別人的學者就叫那通道做弗莫隧道。可是一直只是謠言，不算正統學說。現在你手上的古稿，可能正在現實中創造出另一個正統世界觀。」

「那很好啊，我們發現了一些前人不知道的真相。真的是寶物。」助理高興地說。

「很好。對真理有熱情，是成為偉大思想家的首要條件。」他滿懷希冀地看著助理，接著看看雙目無神的我。「不用說，你擔心的只是坐牢。你再不像以前那樣，現在對他世或者其他世界完全喪失興趣了。不過你僥倖地不是完全錯誤，因為古稿出現，不全然是一個好消息。」他又命助理翻頁，消化了一會說：「剛才的故事中，何時出現弗莫隧道的訊息了？」

「滅世。」助理驚訝得差點吐不出這兩個字。

「朋友，你終於發現情況比你想的更嚴重，不只關乎你自己。」猶太朋友告訴我。

「可是，為甚麼是我？」

「你正建著高塔，還有更好的人選嗎？」

「我指現實中。」

「你一直拒絕接受的那些虛無縹緲而不切實際的東西是現實的一部分。你一直在排拒現實。」

助理踏前說：「前輩，我明白你說的是一個很嚴肅的問題，

可是我們面對的威脅，也是真實的。」

猶太朋友說：「不錯，繼續。」

「我們須要知道是誰陷害我們。」

「陷害？那人已經把弗莫隧道放在你們眼前。你認為是害你們？」

「兩者皆有？」

「繼續。」

「那人想逼我們做決定？」

「很好。」

「是甚麼決定？」

「我想你只有到達神聖大門，才有可能知道。」猶太人朝著我道。我想我明白他的眼神，他一開始已經點出了我思想上的缺陷。「你們也許知道，猶太跟猶大，只差了一點。小時候有人搞錯了然後取笑我。我研究後發現猶大在一世紀前後是一個很普遍的猶太人名字。或許聖經上出賣神之子的『猶大』是一個比喻，說的其實真的是猶太人。你們又記不記得，猶大出賣神之子的時候，他沒有躲得遠遠的，反而一直在旁邊，以親吻神之子的方式來告發。」他說完，便使眼色叫我們望出窗外。此時我明白了感到不對勁的原因，是因為社區中來了不速之客。

我走到門外，而助理則被猶太朋友叫回去，他說：「這是他的事。」

我見到一輛全黑色，連車窗都貼了黑色保護膜的越野汽車。從車上走下來的，不是陌生人，也不是局內的執勤人員，而是我最好的朋友。

「韋特。」

「嗨，還好嗎？」

「那不是你平時開的家用車。」我狐疑地望著他，問：「你是誰？」

「坦白說，我不知道。那視乎你是怎樣看我的。工作夥伴？

朋友？自戀狂？你未婚妻的小助手？將你的理念編寫出來的人？出賣你的人？那猶太人是研究巴別人的，可能叫我做猶大？都不重要了。」

「你應該慶幸你來得及拔掉電源，資訊無法被完全復原，否則系統早找得到是你。是你一直在幕後策劃。現在它只知道緊盯著我不放。」

「誰知道？難道你有信心，給你再來一次，你就不會再成為一樣的你，做一樣的事？我來得及，不是我自己想的，只是剛剛好。那麼說到底，策劃的人又是誰？是我們嗎？還是其他更高等的智慧？我真的、真的不知道。」

「甚麼一樣的事？是你嫁禍給我和助手。」

「慢著，你好像在暗示，是我怕被告發，所以拔掉電源？記得我在帶那群學生參觀時說過，它在你想到之前，就已經想到你想做甚麼了嗎？」

「你是說，」

「不是我。是它。這聽起來很像是隨便找來的理由。不過看過這麼多電影、小說之類，也應該準備好接受人工智能會叛變吧。」

「是你的藉口。」

「別忘了，它有自己的智能，比你和我的腦袋都要強勁。這種程度的部署又怎麼可能是我這個不起眼的小人物做的？除非是天才。」

「你……」

「我來給你一個容易入口的理由吧。我想踢你出局。我想走走你的人生軌跡，嘗試一下做成功人物的滋味。但我又有點懦弱，不敢跟你正面交鋒，你知道，你整個設定就是一個事業、愛情、權力上的成功人士。總之，就是系統故障，人工智能想爭取更多權限，它寫好了劇本，想把使用者抓起來。大抵就是這樣。我也不在乎就是了。管它的。

我拔掉它的電源了，我有發覺和打算阻止系統的。可是誰馬上

始動後備機組的？是你，還有你的助理。那是你自己做的，全都有記錄在案。只是錯有錯著，咦，我們真的在你家找到違禁品了。之後你就會被抓，委員會也有充分理由，去重奪失控系統的控制權，擴充我本來只有一半的權限，我就可以直接控制機組，做我想做的事了。」

「你這是不擇手段。你知道 …… 你知道這意味著甚麼嗎？」

「我想你會說，事情發展下去，一發不可收拾，系統可能會被人——很可能是我——高價賣走去實現邪惡的事，接著有大戰，再之後世界末日之類吧。好吧。不過到時我應該早就死了。另一方面，如果馬上就末日，我倒想在世界終結前享受一下。」韋特裝成無辜的樣子說：「你知道你在獨立管理委員會內，已經有點礙事嗎？你和你那些道貌岸然的程序公義，那班老人也想踢走你很久了。你得感謝你有謝西嘉，否則你可撐不了這麼久。」

我還以為獨立管理委員會是群戲，原來是我沉迷了。我回過神來，罵道：「喪心病狂 …… 古稿根本沒有關係。」

「那是天意吧，我沒有挑很久便買來了。它也不便宜的，否則看起來不夠真實，騙不到你。」

「只是幌子 ……」

「也不全是。你很快便會知道，沒有這一份古稿，也會有另一份。沒分別的。分別只是你甚麼時候才下馬。」

「我還未清楚自己犯了甚麼罪，手機就被收到訊號保密袋中了。我連確定 ……」

「不要怪任何人，他們只是盡忠職守。不過也不是天衣無縫，幸好你沒有發現。跟系統猜的一樣，你很遵守規則，是個乖孩子。」

我拿出手機，才想起這裡是沒有訊號的。

「有訊號也沒用。」韋特得意地說：「太早行事，你手機的防毒軟件會察覺異樣。放進保密袋不久，我們才在雲端設法控制了你的手機。跟所有保安專家提醒的一樣，你應該選一個複雜一點的密碼。這其實是個天羅地網。嗯 …… 逼你做出有限的決定，對

你是不公平的。下次我會檢討——如果有下次。」

我無助地癱坐路上。

「我在想，你剛才在屋內待了一段時間。那怪人跟你說了甚麼？你會告訴我嗎？」

「沒有。」

「古稿呢，正是他的領域。」韋特彎下腰說：「它不在你家。以你的性格，你一直把它收在身上是吧？」

「我不知道你在說甚麼。」

「所以那原來是重要的東西？加上你朋友的鑑定，那就值錢了！」

「你休想碰我的朋友！」我撲過去揮拳打他的臉，阻止他進房子內取回古稿。他迴避不及，被我打得跌在地上。在我想再次進攻時，他慌忙間拿出手槍。

「對不起，我的朋友。是你逼我，不是，是你逼自己的。」他用槍指著我，之後打開門，威脅猶太人和助理交出古稿和說出古稿的奧義。

「不，先放下手槍。」我勸道。

「你真的當我是白痴。」

「放下。」我見無法說服他，便對猶太朋友跟助理二人說：「交出來吧，說出他想知的東西。」

猶太朋友說：「叫那韋特去死。你也去死，你這個懦弱的人。我不想將人類的未來交到你這樣的人手上，可是更不想交給他這野獸。」

韋特說：「人類的未來？聽起來就是老虎機中一堆零錢的聲音。來吧，不要演戲。你有這麼偉大不怕死嗎？」

「有事慢慢說。」助理說。

「閉嘴。」韋特隨手向助理開槍。助理吃了一驚，看到自己身上中槍的位置血流如注，來不及按住便暈厥過去了。「沒事的，鄰居早習慣這鄰居家中有異響了。」他防備著我說。他走往書桌拿

走古稿，逼猶太人簽訂書面鑑別紀錄。他走到大門時才往猶太人身上開了一槍。

我不知如何反應，先跑過去抱起助理，見她已奄奄一息，才意會到我犯下的已經不是法律上的錯，而是罪。又看到猶太人中槍後倒在一旁，我不禁悽然落淚。

「對不起，我夠鐘離場了。看樣子他們也活不下去，你不如花時間想想自己，自由的時間也不多了。你鬥不過體制的，很快他們便會在你家找到真正的違禁品了。我得承認，我期待很久了，」他幸災樂禍地說：「我就是想看你現在的表情，看你會怎樣反應。」

他最後擺出一副真誠模樣說：「保重，努力啊。」

他離開後，我默然看著兩條屍體。我到底做了甚麼？我為了拯救自己——說到底不是拯救而只是脫罪——做了些甚麼？我害死了他們，無地自容。他們都有在我最無助的時候幫過我，在我迷失的時候引領我，也有在我最卑劣的時候當面斥責我，在我最不像一個人的時候企圖喚醒我。而我為了自保，居然連累他們至死？

我一直在人生中追求的是甚麼？為甚麼我會落得如此田地？可能是我對身邊的人不夠好。我好像從來以為人與人之間的關係是不須維繫和修補的。跟謝西嘉，我沒有將心底裡最誠實的想法拿出來跟她分享；跟猶太朋友，我明顯被名利和安逸沖昏了頭腦，完全漠視了他警世而精準的預言；對於敬業樂業的助理，我居然想一而再，再而三的出賣她，在她的世界或許我才是猶大吧。甚至對謝西嘉住所的保安以及護送我離開的人員，我都居高臨下地對待，鄙視、說謊、傷害，無一缺少。

我是應該反省的。

到這一刻，我才發現自己的原罪，不是單一或者天生的，而是不知不覺間像雪球越滾越厚。

而也在這一刻，我的工作成就、人生履歷、穿的名貴衣飾，沒有一樣有「人」這麼重要。常有人討論到底一地之靈是甚麼，是人，還是地？我在唐寧城得到我的所有，物質上也是應有盡有，那我有沒

有就成為一個人？相反，我身處以前幾乎從不到訪的野外，才感受到最真摯的人，也才感到我的愧罪原來已到血流一地的地步。

我怎麼可以跟對手在他預先設下的局中對弈？

沒得玩，這遊戲不可能贏。

或許已經輸了。

或許這就是我的結局。

「這麼早就認輸？」

聽到聲音的我嚇到雙腳發麻。

見猶太朋友喘息著，我又驚又喜，上前按住他腹部的傷口。他卻推開我說：「上帝不讓我死去，證明我還有點用處。哈，這老土又調皮的傢伙。」

「你先不要管上帝不上帝了。」我還是半信半疑的，說：「你不如先管好自己的性命。」

「你還在管這些低俗無用的東西？」他一手往我頭頂打下來厲斥，又咳嗽了幾聲：「不要理我，你有很重要的事要去做。」

「可是 …… 他已拿走古稿了。」

「可是，他沒有送走我。」他指指腦袋，說：「就算拯救人類與你無關，你也會想冒險把這女孩救回來吧。現在準備好，記下我複述的內容。」

我正想拿出手機，想了想，這好像不是個好主意。

「你終於察覺到這些都不是好東西了？也是這個原因，我放在角落那電話機，除了加強了訊號，也有反盜聽功能。」

我開始意識到，助理說的話有可能是對的，便問：「陰謀論者說的所謂地磁風暴，也是假的？」

「你聽那滑稽可笑的名字，不是現在才知道吧？」

「可是，晚上出門時，的確有時候會有訊號不穩的情況。」

「那只是訊號干擾，還有更多時候，是你的心魔作祟。是你在監控你自己，將自由雙手奉上的。」

「這樣做也是為了方便監控。」

「那是其次。『自在萬暗之中,看一切暗。』當你順從了,你也成了暗的一部分。它要的不是監控你們,也不是奴役你們,而是徹底抹煞你們的存在,從此只有『我們』。」

我看了看旁邊死去的助理。別無他法,我們必須加快速度,猶太人一邊天才般一字不漏說出內容,一邊撫著槍傷在整理東西。我則把他吐出的每個字速記在乾淨而完好的白紙上。我沒有把猶太人扔掉的數學公式部分取回來,我想他這樣做必然是有原因的。

我問他這是為甚麼。「我想你的朋友殺了我們,更像是對我們的恩澤。」他說:「他們可能需要點時間,萬事俱備才會進行。我活著就是為了彌賽亞來臨的這一天。你說我有可能沒有準備嗎?否則這房子為甚麼拆了又建,建了又拆?否則我為甚麼要賭上名聲裝瘋?」

為了爭取時間?我等待他解釋。

「不要去解釋,去做,去看,自然就會明白。」

他在房間衣櫃的夾萬上,輸入了密碼。我隱約見到好像是二和七開頭的。之後牀下出現了一條祕道。我們進去後,他又把它鎖上。

「這是末日地堡。外面的人不知道,也沒有辦法進來。不只你,也不只藍天計劃,這年代太多人在建高塔,這一天早晚會來臨的。人類,就是總想去通天。」

「這就是弗莫隧道?」

「不,這只是一條我花了該死的幾個月時間造的隧道。我用上了以前郵局在市內運送郵件的小列車技術,當然我也改裝了不少,特別是氣流和獨立取電系統的問題。」

我懷疑如果他申請專利的話,專利費也夠活下半輩子了。的確有很多人說,他如果沒有轉去研究聖經,一定會是出色的工程師。看到這裡,我想起謝西嘉住宅地下的小聖堂。

「不用想了,你那滿身銅臭的未婚妻住宅下那車道,只是由本來的地下聖堂結構擴建的,跟我的技術水平差遠了。」

我們屈曲身體爬到一個小站台,粗糙的空間僅僅可容納幾個

人，地上放滿了必需品和維生工具。

「你打算躲在這裡？」

「很抱歉，我只能陪你到這裡了。」他搗住流了不少血的腹部，把一袋物品交到我手，又叫我收妥剛才抄的手稿。「小車箱內有閱讀的燈泡，拉下就會亮。這裡有緊急用的維生物品。」

「你不跟我一起走？」

「我在這裡等待上帝把我接走，不管是甚麼方式。在這歷史性的時刻，我想誦念著聖經渡過。」

「之後我應該怎樣做？」我看看乾淨而完好的手稿。他在複述同時思考過，手上這一份已經是他詮釋好的版本，也有一些標記。

「你坐穩，盡量記下手稿內的內容，以免出意外時會完全迷失方向。」

「助理她……」

「你的任務很簡單，找到弗莫隧道，之後把她帶回來，順道阻止世界末日。如果有時間的話。」他幽默地說。

「可是如果我回到了過去，現在這世界會怎樣？」

「不知道，也許無論我們怎樣努力，時間的列車都在駛往末日。不過在另一個時空，至少我們還有悔改、贖罪和牽著重要的人的手去迎接末日的機會。到時候這就不是末日，而是新生了。」

我不懂他說的是字面還是另一重意思，抑或那些東西在本質上和現時處境來說，都是一樣的。

「好朋友，我的世界內最大的混蛋，再見 —— 我是認真的。」他揮手道別。我有點被眼前的責任嚇倒了，也向他道別。

我在做甚麼？離在酒店內享受安格斯牛肉漢堡至今，還不到二十四小時。一日之內，地球相對自轉了一周。由夜到日，再回到夜。我的人生已經出現翻天覆地的變化。那麼我自己有沒有變化？

至少以前的我不會為了區區一個助理，而願意以身犯險回到唐寧城。

郵件列車僅僅坐得下一個人，我打開小燈泡，看手上乾淨的手

稿。由於職業習慣的關係，也塗改和統一了目錄的標題。

鑽研了一會，我記住了路線和指引。在狹小的管道中，相隔甚遠的燈光在漆黑中一條一條地往後跑，如果沒有風，我根本不會知道是自己往前移動，還是燈光往後移動。而這兩者其實是一樣的。

我孤獨地坐在車內，感到風的流動卻感受不到人應有的感覺。原來目睹重要的人死去，震撼是會良久不散的。有些人可能會哭個不停，有些人可能會嘔吐，而我到這一刻則只能無聲無息地嘗試回到原本的地方贖罪。我感到跟收藏違禁品相比，這才是真正的罪孽。那麼我一直害怕的又是甚麼？就是因為畏首畏尾，卻害死更多人，這值不值得？還是事到如今，我還可以事不關己、兩袖清風地活下去？

這些自我拷問的問題，都沒有標準答案，人們自然可一起思考。在覺悟之前，都只會是無聊人生的填充品。濫用著言詞，自以為在生死攸關的時刻，卻從未知生，亦從未知死，只是在恫嚇自己，吹噓自己的危險，顧影自憐和乞求可憐。

郵件列車來到終點，有一個簡陋的緩衝器，把我的列車煞停。因為猶太朋友行為太異於常人，地堡、無訊號的郊外以至這列車都在文明以外，所以系統暫時應該無法得知我的所在地點。根據氣味判斷，我應該來到了唐寧城地下的污水渠。

手稿上的指示很奇怪，我理解了猶太人的思維後，認為弗莫隧道的入口在市中心。要到達弗莫隧道，我就必須穿梭城內，走到石板長街，再踏進樓內某道生鏽大門。

首先，我帶罪在身，在犯罪地圖系統監測市內一舉一動的情況下，我又如何可以自由地穿梭城內？「一定有辦法的，一定有辦法的。」我跟自己說。或者我可以利用我的知識。我可以怎樣利用系統的設定，去達致我的目的？如果我犯罪，系統便會找到我，在兩分鐘之內抓到我，我不可以去開始犯罪。可是 …… 我可以引人犯罪嗎？把別人放在一個容易犯罪的處境，即使道德上有問題，本身卻不是犯罪。

　　我再想想，我身上有錢嗎？沒太多。我不能使用信用卡。口袋裡還有甚麼嗎？車匙。我有車匙。開車不是犯法的，只是我本身是逃犯。我先連忙從猶太朋友給的袋子中拿出一件帶帽的黑色棉外套，把它套在最外面，戴上帽子，這樣閉路電視應該不會馬上察覺到我。讓我再想想，我自己不可以開車，可是別人呢？別人可以，之後系統監測到便會追過去。這樣我便可以引開注意，爭取到一點時間。

　　法律上地圖局不能馬上充公我的資產。雖然如此，系統卻可以追蹤我的汽車。我不能指使人去偷我的車，否則系統會辨認到是罪惡；我也不能單純請別人來開車，這樣太奇怪了，不要橫生枝節。我可以 …… 我可以付錢叫人替我把車開去一個地方，一個很遠的地方。對，這樣做的話大家都沒有違法。而且我要找一個系統的盲點，我要車子起動時，系統不知道裡面坐的是其他人。

　　系統的盲點 …… 很難想得出來。如果是剛才猶太朋友的區域，就好辦多了。環境上不許可，那麼人選上？會否有些人是有受過甚麼訓練，而地點也是經過設計，不易被高空監控的？

　　我想到笑了出來。保安不就是這樣的人嗎？我的車也是停了在謝西嘉的半山住所。那是完美的地點。對，我是逃走出來了，我要做的就是坦白地說服他。我可以怎樣說服他？我一邊想，一邊跟著袋子內的下水道地圖走，踏著髒亂的地下狼狽地前進。為甚麼我還要想？猶太朋友說得對，為甚麼到了這種時候，我還在擔心「低俗無用」的事情？我直接說世界要終結就好了。

　　慢著，為甚麼我非要上半山？路程是很遠的，不知道可不可行。我求神拜佛，心裡唸著小時候上宗教課後再沒唸過的經文，往袋子內探。太好了，猶太朋友居然真的預備了附空卡號的即棄手機。

　　我打電話給保安，並解釋時間無多了。

　　「我都知道。我們來就是為你做這些事的。」

　　「你們？」

我初時不解，他這番話令我想起手臂內側紋了馬爾他十字、被我絆倒而受傷的護送人員。他又說：「放心，我知道怎樣做。」

　　「系統應該會當我從未離開過謝西嘉的房子。」

　　「不會，他們應該知道我們的標準程序。你走了之後我們已經將你的車開到了地下車庫，我們會有辦法使它之後在那邊出現，再駛去很遠的地方。行動上的細節你不用擔心，專心做好你的事。」

　　「等等。」我察覺到不妥。我們想到的事，系統早想到了。我停頓一會：「保安先生你聽我說 ……」保安聽後覺得不合理，屬意料之外。

　　我掛了電話，戴好帽子，往手稿指示的地方出發。

　　這一帶的地下水管連接著以前戰時的戰略通道，其中有一帶是供重要人物和軍人在空襲時逃生的防空洞網絡。然而路並不好找，我在裡面左拐右拐，才見到一個分岔路的盡頭有光。我連忙跑過去，見到一條濕淋淋而且生鏽的鐵梯。看來外面正下著雨。幸好雨勢不算大，否則我根本連剛才的路也走不了，更可能有被水淹過的危險了。

　　「一、二、三！」我用盡氣力舉起鐵梯頂上的渠蓋，之後拼命地爬出外面。幸好這是一條後巷。

　　我記得外面那段用石板築成的路。路的兩旁是一些簡陋得像快要倒下，歷盡了幾十年的風吹雨打卻仍健在的小攤檔，販賣著一些大眾化的日用品和服務，以及遊客愛買的小飾物和富本地特色的紀念品。它們都依著石板而建，拾級而上逐層逐層觀看，好像一步一眾生。

　　天下著雨，天色灰暗。我站在石板長街最底處，望上去。路上的石塊依建築時的初衷讓水分流到兩旁，沿著淺明渠往下流。沒有停雨的跡象，石板本來的邏輯開始潰散，一層如薄膜的水向下平移。是因為雨點中的空氣，還是空氣中的雨點？我開始分不清左或右、上或下。就好像一片海浸沒了天空。又好像是相反，承載另一片海的天空塌陷，從裂痕中落下雨，雨又匯聚到這維度的海中 ……

The Treatise's Strings: Babelians

石板長街的街口處有一大棵榕樹。我想它至少有一、二百年歷史了。樹下有一個手工不太精細，卻五臟俱全的小神壇，壇上點了幾根香，在樹葉滴下零落的水點中，煙魂不散。視線隨煙飄升時，便會看見兩旁華洋混雜的舊樓房。它們多只有幾層高，不像周遭的新樓般霸道。有些樓房上突兀地橫伸出霓虹燈牌，沒頭沒尾地推廣著不同商品與服務，地上積水因而反照著人工而刺目的綠、藍、紅、紫。想必也可說得出其他顏色，卻不是天然的字庫中可找得到的。

旁邊的收音機放著老歌：「…… 榕樹又無影，離別又回應，撲火般灼醒。繁鬧中聚散，忘掉舊夢歸程 …… 情景如像當天的你灰暗，如像當天的我消沉，如像街角提琴從沒處響，餘音，如像憂傷的雪洗浸，如像憂傷的海消沉 ……」

擋著帽簷滴下的水點，此生此境似曾相識。我以身遮蓋手稿，確定方向，毅然前往。

此時有兩個巡警經過。本來無事發生，只因我緊張中一腳踏空，回頭看時一臉驚慌，他們才心生疑慮，馬上想把我這行跡可疑的人叫停。我沒有辦法，也不能停下，本想拔腿就跑或者把旁邊攤販的貨品亂掃到地上，但因為地上濕滑，所以他們一失平衡，便重重跌在地上。這時候，有事分散了他們的注意力，他們肩上的對講機響起：「各單位請注意，各單位請注意，一輛紅色開篷跑車被發現起火，地點是市中心寶樂區一個停車場，初步證實屬於遭通緝的犯罪地圖局職員。車廂內亦發現一具疑似屍體，不排除該疑犯畏罪自殺。現時大火波及那一帶的其他車輛及商店。地圖局將優先調配模擬限額分析該區突發情況。各單位請從速趕到現場協助維持秩序及其他事務。」

警員被引開了，我繼續緩行。一棟、兩棟、三棟。眼前的雨太大，蒙蔽了眼睛，我幾乎是閉著眼跑的。

我終於看準門牌號，來到一條階梯前。我一級一級地往上走。這裡不是我平時熟悉的那種樓房，兩邊的牆上貼滿了污糟的街招，

有些是色情服務，有些是通渠，也有些是其他雜務的，都胡亂且重疊貼在這空間。整條走廊密不透光，只有光管懶惰地閃爍著。不用說，四周都散發著垃圾的氣味，而地上到處都是污垢，亂七八糟的。

我到了一個單位外，想再三確定，便拿出手稿，卻見背後有影子晃動。此時，來者從後施襲。我早有預備想閃開，手臂卻還是中了槍。我掩著傷口，馬上轉入旁邊的走廊躲避。

「該死的。」

「韋特？又是你？」

「你拒捕，若不是有無法預測的暴雨救了你一命，衛星圖早找到你了。怎麼系統總是抓不到你？」

我脫掉濕透的連帽棉外套。

「你跟你那該死的系統。不管怎樣，交出來。」

「古稿你已拿了，還有甚麼要交？」

「不要裝瘋賣傻了。那猶太瘋子說的寫的都是亂編的廢話。我要你的手稿！沒有解釋，這古稿沒有人讀得懂，根本不值錢。上面就是寫了重要的祕密訊息是嗎？否則你不會急著回來最危險的市內，又使計引開執勤人員。」

他在轉角處，不敢貿然走過來。

「韋特，你聽我說。可能聽來很荒謬，不過這已不是我倆之間的事，我必須去那地方，阻止末世。」我在心裡繼續說：「還有救回助理。」

「哈哈，我從不知道你是這麼風趣的。好了，給我慢慢走出來。我只會射你的腳，這是合法自衛，我承諾，否則你的下場可能跟你的朋友一樣。現在慢慢舉高雙手，走出來，」我聽見些微的腳步聲。他話未說完，我便往他身上拋擲剛隨手抓來的廢紙箱。他視線受阻並且亂開了槍，幸好沒有打中我。我衝向他，我們糾纏在一起而無法動彈，我卻正好抓住他拿槍的手。我用盡全身的力氣，把他的手扭向頭部，他只好咬牙切齒地亂舞身體，垂死掙扎。我的意志十分

堅定，把手指伸進槍的扳機。他拼命想阻止，可是已經太遲了。一扣下扳機，他下巴應聲穿了一個大血洞。

我筋疲力竭，滿臉冷汗，再也走不動，靠著牆滑到地上，把外套弄得更髒。我拿出一個銀色的袋子，又想到不能用電話。「不是的 …… 不是的 …… 那沒有可能。」我的聲音在老舊的走廊迴蕩。「不是的 …… 不應該這樣的。不會的 …… 對不起，請你們原諒我。」我又看到韋特身上的古稿，想了想，覺得那物件不應該屬於這個世界，便從他身上找來打火機把它燒了。

昏倒之前，旋轉了九十度的畫面，有一株仙人掌。

腦袋似乎自轉了上千次，有聲音把我叫醒，那是不是就是為了完未竟之事的意志？我的身體慢慢恢復，勉強站了起來，來到生鏽的鐵閘前。我想用力推開它，卻見門前有個密碼鎖。我翻了翻手稿，上面沒有寫甚麼有用的資訊。我已經體力透支，想口唇也是蒼白的，頭腦不靈。我想了想，直覺按下猶太朋友那二和七開頭的密碼。打開了門，我走進去，把門鎖好。

這是一間機房。我望見內裡放著一台不像當代科技產物，塗了深綠色油漆的蒸汽機器，佔了一大半的空間。為免影響室內濕度，有喉管將廢氣往窗戶外排。它使用的是一些渦輪零件，用機械而非電子的模式運作，上面好像地圖局的終端機一樣，亮著一顆顆紅燈。不同的除了蒸汽和機件，還有它接駁了很多不同的線路，有上百個轉軸，就好像密集地放上舊式卡式帶的內部結構，上面記錄資訊的是白膠帶或是白紙帶？總之一直在轉動和打印一些記號。

門外有追兵用力拍門，我的腎上腺素又飆高了，緊張不已。同時我從聲音猜測到他們見拍門沒有人應，便拿出電鋸要強行入屋。看來我的拖延策略也只能做到這了。天空也在打雷，前所未有地怒吼著。一陣陣暴風雨颺在外牆，彷彿要把危樓連根吹毀。

我必須盡快做決定。

我按著受傷的手臂，走到機器的側面，那裡有一道活門。前方是一個未知的世界，我必須在恆穩的現實以及可能只是虛假的末日

前狀態中作出決定。根據我對手稿的理解，踏進去門的另一邊，時間軸便會被更改，我可能會到了另一條世界片中，再也不可能回來。助理與猶太朋友的世界已經終結，我拯救的可能到頭來只是屬於他們而不屬於我的世界；而我身處的這個物理世界是否也會隨著我發現弗莫隧道而崩潰消失？我不知道。或許在謝西嘉和她頂尖的律師幫忙下，我最後會平安無事？

反正，韋特已死。

助理也一樣，現在知道真相的只有我。而我想，謝西嘉不管怎樣，為了家族名聲，至少在結案前都會盡力幫我打官司。我們能否走下去倒是說不定，應該要看我能否脫罪。這或許是大問題，也或許反是小枝節。真正的問題是，我可以這樣帶著悔疚活下去嗎？以前的我是可以的，但現在呢？我不知道。

電鋸已割開了一截鐵閘，濺出火花。風暴也如入無人之境般震怒咆哮和嘯叫，我居然感到整棟樓房的地板、天花在震動，整個密封的房間全都是灰。唐寧城根本不在地震帶，如此的暴力撼動，原因只有一個。

我也忘記不了「生而為人最根本的責任」，踏進門我可能會從此迷失在空間維度中。我不應該胡亂觸犯天條，妄圖超越那種「縱然知道世界快塌下了，也不應該玷污它」的自由。

可是，怎麼才叫挑戰上帝？又有沒有可能，那樣的結局 ── 挑戰與不從天命 ── 才是我「生而為人」的真正意義所在？

否則，如果世界本就因有人找到弗莫隧道便終結而我漠不關心，那麼過去一天我身上發生的事，對我還有任何意義，有產生過任何影響嗎？被韋特與系統在劇本中拖曳和牽扯之後，我一天內的掙扎比過往十年都要多，這些苦頭和努力都是白費的？助理跟猶太朋友都說得對，我真是個混蛋，在這生死關頭我居然還在猶豫，嘗試說服自己捨難取易。我到底有沒有下定決心，為扭轉同伴命運而奮戰到底？

背後濺著火花和響起他們叫喊警告的聲音，沒有時間了。我想

下定決心，便開合舒展手掌，深呼吸，再把雙手放在活門的圓門柄上，稍作鎮定，雙眼對準前方 —— 這個世界的終端。

　　最後一刻，我望見門上釘著鐵牌：

警告

通往普尼斯雅拿。

四

PT1-5

目錄

......

四點五

普尼斯雅拿
Policieria

「我在哪裡？」

「『奇點的出現不是表象世界中的陰晴圓缺，而是純粹來自一種人類行為 —— 主張。從無到有，從不可能到不可能不存在，描述知識著陸於旱地的瞬間，成為無可否認、理所當然的一地正統。由此理解，奇點不但有時間維度，亦有著空間維度。』」回想古稿紙張飄落的畫面，日耳曼老人背誦古稿後吸煙斗，呼出一口問：「醒來了？」

林先生看著天花的暖燈。暖燈柔和地照落在他、黑色厚牛皮機車外套和他蓋著的白色被子上。「剛才發生了甚麼？我們好像……好像有甚麼改變了似的。」

老人回應：「對，也不對。我們是改變了些甚麼，也被些甚麼改變了。你看看這上面的東西。」老人和尤剛才都注意到散落一地的古稿，紙張泛黃且殘破得脆弱，老人當時不以為意，事後卻感到事有蹊蹺。

林先生接過古稿，覺得沒甚麼不妥，說：「就是之前那些我讀不懂的東西。」

「你讀得懂的。這種事只有我們自己才辦得到，沒有其他人幫得了；即使有人公開提出意見，也是無益的。問題是，這幾頁我重新讀了幾次，正常來說我是過目不忘的。不……總是有點不對勁。這裡的推導處理上，明明中間應該有些數學公式才合理的。」

「我已經地毯式搜索了好幾次，沒有找到其他東西。」尤補充道。

老人用眼神回應尤，他只好繼續找。

林先生回想覺得好像有點印象，但他反正是不明白古稿的，不明白便也不深刻、不肯定了。

老人坐在一旁自語：「最後門鎖的關鍵，就在於了解我們身處的世界維度。按照現時的理解，好像是有些事情不同了，我們要重新理解，也就是相對的章節……誰在敲門？甚麼事？」

尤打開門，一個男子進來說：「剛收到電報，出事了。」

男子領著林先生一行人走出房子，沿著大路走往殉道者教堂。教堂二樓風琴旁的空間放置了電報機和接收、分析訊號用的一組組機器。「這些都是剛收到的資訊，因為事態嚴重，所以我們再三核實了，證明沒有錯。而且來往這一帶和敵唐寧的交通也被截斷了。」他在路上簡單匯報，轉頭跟老人說：「或者，這就是我們的機會。」

林先生沒有想過，身為搜查員的他此時會在敵對陣營。他只想著剛才暈倒的事，還有一個人 —— 阿莫。

「你看，從我們在城中的人報告得知，敵唐寧城有人策動反抗活動，而且越演越烈，全境封鎖。普尼學群眾被列為頭號嫌疑組織，被發現有關連已經是嚴重刑事罪行。而且，市內所有的搜查隊及其他部隊成員，一律要取消假期，連班工作，務求在最短時間內平息事件。」男子說。

「甚麼平息事件？那些是一個個活生生、對社會不滿的人。平息了今次的事件，也會有下一次；而且再沒有改變的話，可以安撫人心嗎？」尢說。

林先生暫時擔心的是另一件事。他拿出紙條，問這位負責收發電報的男子說：「我這裡有一個聯絡方法，你可否幫我問一問他們情況如何？」

尢問：「阿莫？」林先生點頭。

「我有點不祥的預感。」老人側身望望說。

男子按著林先生的紙條尋找資料，過了一會便說：「找到了，你朋友應該還在。我將地址寫下，你們可以去看看她。」

「看看她？」

「沒錯，她的弟弟 …… 已經起程，偷渡去敵唐寧幫忙了。」

林先生想馬上去找阿莫。「林先生，恐怕你有更重要的事要做。」站在彩繪玻璃窗前，身體被映照成七彩的老人說：「根據古稿上的記載，這個天啟的訊息落入先知手上之時，便也是世界終結之時。」

林先生不在乎，那些事跟他距離太遠。他來到這裡，只為了追查韋特家族的事，想多了解一點，想彌補過錯。但知道巴沙爾也屬於這家族，並在幕後控制他的行動，再暗中監查之後，他暫時不知道應怎麼打算。這一刻他只想去找尋阿莫。或許 …… 在這即將要來的動蕩時候，他們可以互相照應。他不是英雄，也不是男性沙文主義作祟，而是他純粹想充當她的保鑣。他的世界內美好又值得保護的東西，已經所剩無幾。他也害怕失去阿莫會導致自己重新掉入深淵。

　　老人繼續說：「你的任務是要回到敵唐寧城，在市面秩序完全失控的情況之下，搶在特種部隊之前，找到和啟動那一個稱為『彌賽亞』的裝置，逆轉人類生死。」

　　「去你的任務。」林先生冷峻道：「那是你們的事。我決心要做的事情一直很簡單。」他又想起巴沙爾透過阿莫說「到時就會明白」。是他在背後策劃事件，想把林先生他們幾個送到外面的地方去經歷這一連串事件？

　　「難道經過了在我房子中發生的事，你還不明白嗎？」

　　「為甚麼我要接受這任務？而且我是搜查隊員。」旁邊的其他普尼人立即提防戒備，尤趕緊安撫他們。

　　「你還未意識到『林先生』的真正身份嗎？」老人堅定朝林先生踏前說：「你的成敗，這個世界的生滅，都在你手上！古稿上是這樣寫著 ……」

　　「去他的古稿。也去你的甚麼該死的混帳世界。現在的敵唐寧，還不夠末日嗎？罪惡遍地，民不聊生，大部分的人每天過著拮据的生活，被上流人奴役。你跟我說世界終結？你們普尼人是吸毒吸壞腦了嗎？就算是，我們也無力去做些甚麼。找真正有權力的人去。」

　　「『觀讀過後，方為真實。』民眾才是弦世界歷史的主人！」

　　「少給我說教。我不懂你們這些東西，我只想做好我手上的事。你這些鼓動人反抗的東西，只可騙得到那種水平的小孩。」

林先生指向尤。

「你一直活在現在,你知道是為了甚麼嗎?就是為了這種時候,你的過去、你的能力、你的意志,都可以派上用場。」

「我的過去?如果你有一台機器,記錄了我前半生做的所有事,我怕你連打開看它也不敢。不要自以為高高在上,看透了我的本質。」

「那你為甚麼還要去找阿莫?」

林先生不知道。他只認為那是對他來說重要的人。

老人又說:「沒有這世界的話,她也不會再存在。你也肯定知道,自敵托邦元年以來,敵唐寧一直保持著這種恐怖平衡的狀態多久了。這是普尼人守了二千多年了!二千多年,才有的機會。這肯定代表甚麼。」

甚麼普尼人、二千年、世界終結,林先生消化不了這些。

尤也向林先生問:「你不是一直想著自己的罪孽,想著怎樣自我救贖嗎?」

林先生不發一語,他空洞而無光的雙眼,容納不了甚麼目標或大志。他拿起行李想走,突然卻見到阿莫就在眼前。看來是剛才透過電報得到最新消息後,她因為太擔心弟弟而急不及待想找到尤和林先生。

她望著林先生,好像才發現了甚麼。林先生則生硬地移開視線。他還記得來程時,尤在車上解釋了一會理論,而阿莫關心的只是不想孤單地過活。或者老人說的話是對的,靈魂需要載體。日積月累,那載體即使滿身污泥,也還是得有它存在,才有重新潔淨的可能。

「林先生 …… 我弟弟在裡面,我無法置身事外。」

全場靜默下來。林先生確實想不到,一個普通的普尼青年,如果遇到像貝雅那種狂徒或者梳爾那種大兵,會有怎樣的下場。他自己的搜查員身份倒是次要。

老人找到契機繼續說服他:「你不想理這世界,或許是因為它

從未眷顧過你，只是在催討與摧折你。現在你有機會去撥亂反正，如果你對它不滿，也就是最好的機會去改變它。而且這位女士，不也正給了你最好的機會，去做一點好事嗎？就算你覺得自己不是拯救世界那種大英雄，至少你也有『拼盡綿力』去做過。

你來，難道還有其他原因嗎？」

這一帶長期下著酸雨，使農作物無法順利成長，造成饑荒和赤貧。當中有些人眼紅敵托邦相對的繁華，但他們不知道的是裡面的敗壞，可能使他們處於更為半生不死的狀態。敵唐寧四周的小聚居地，大批立心不良、打著普尼教旗號的烏合之眾，想趁這機會到處搶掠，將責任全推到普尼人身上，嚴重加劇了敵唐寧的潛在危險。根據探子回報，那邊的舊城區已經進入無政府狀態，放火、搶劫、姦淫，平時的罪行及人們獸性倍增。搜查隊及一切可用之兵都緊守著新舊城區交界，以公用建築群為橋頭堡，力抗徹底淪陷。高樓前的矮舊樓房全是濃煙與槍林，建築上的巨型霓虹燈牌卻從未熄滅，裡面的達官貴人可能還在享受著餐點。敵唐寧上演著天火焚城傳說中，暴君在高處俯瞰及拉小提琴自娛的畫面。

「林先生，」阿莫低頭想綁鞋帶，卻因為未穿過軍靴而不知所措，林先生單膝跪下替她穿好鞋帶。阿莫繼續說：「我們回得去嗎？」

「不知道，我們可沒有高科技或者工程師幫忙，只得靠自己。」說著他看看旁邊正跟其他普尼人整修小廂型車的尤。

「我是指，我們回得去那個很糟糕但尚未崩潰的敵唐寧嗎？你一點留戀都沒有？」

「沒有。」地上的倒影有些交錯。林先生想，這世界若有義人，也早被消磨得不似人形了。即使是最接近好人的吉普賽店主也將攤檔非法租上租。是自由選擇？還是環境迫使人們不得不犯的小惡？那算是活在這世界就會有的原罪吧。

「我倒想回去。不只回去以前的狀態，也回去以前的時間。回到剛到敵唐寧時，對大都會所有東西都感到好奇和新鮮的時候。」

阿莫眨眨眼又說：「我想早一點認識你。」

林先生心感溫暖，表面上卻像不為所動，繼續綁好鞋帶。

「如果你任務失敗了，那我們就不會再見了。或者這樣也好，不管是大團圓還是悲劇收場，我們都不會再分開。」她試探說。

「只要一天我們還活著，」他想起暈倒前有一刻接近了的「真理」，他的自責、悔恨、損耗，全都在裡面那些無比糾纏的弦圈中運行著。「一天就會有機會。因此我們都要拼盡全力地走下去。」時間對於每一個人來說是無限長的，宇宙相對於每一個人也是無限大。很多人不知道的是，每一輩子只是一瞬，那份早定的恩怨卻是永恆的。那些濫情且無客觀意義的愛就這樣捲入我們的世界當中。

「所以 …… 你現在是欣然接受你的任務了嗎？」

「反正我答應了跟你一起去找你弟弟，接不接受都沒有太大分別。」

「如果沒有我，你就不會去嗎？」

「對。」林先生決絕地回答。

「我不想這樣。」阿莫以同樣態度說：「你如果跟我一起去，我會很感激。不過我不想你是為我而去，萬一你出事了，我會很內疚。」

「你不用內疚，像我這種人 ……」

「這就是為甚麼了，『你這種人』。你在很多人眼中是壞人，你做了很多傷天害理的事。他們對你恨之入骨，也不會管你有多想改過自新，純粹想你快點下地獄。我明白你想補救，你想彌補，怎樣也好，可是 …… 你要救的不是我，我不用你救。你明白嗎？如果你真的要努力，我希望你想清楚，這到底是為了甚麼？

你看看那邊，城裡面的人全都有該死的理由。我也一樣。我不是你想像出來那種人。我也是一個正常的人，會做好事，也會犯錯。問題是，是否因為我們墮落，做了不該做的事，就應該煙消雲散？我說的不是那些說了好像沒說的贖罪之類，只是我們沒有選擇就出生了。如果年代不同，或許我們有得選；可是如今的我們，又真的

有選擇嗎？

那老人說的『逆轉人類生死』，可能是有點言過其實了。不過，如果那是一種信仰上的可能，即使可能性只有那麼一點點，我也希望你可以勇敢跳過去。」

這一刻，林先生大概明白巴沙爾安排阿莫在自己身邊的用意了。

他們整裝待發。老人把古稿包好，將裡面的線索跟他們說了一遍。尤踏下油門之前打開窗戶，老人在他耳邊說了幾句話，尤臉色沉了下來，深呼吸了一下。

「記著你們的任務，潛入城內，避免正面衝突，用『彌賽亞』去普尼斯雅拿。拿著古稿，路線和指示我都標記好了。林先生，記得好好掌握時間，你必須在特定的時間，才能打開活門。」老人握著林先生的手說：「很高興認識你，相信你內心的聲音，你比你想像的更加強大。我們會再見的。」

他們要在入夜後在夜色掩護下行事。有一些普尼勇士自告奮勇，都被老人攔了下來。原因是根據古稿，他們要以潛入的方式進入該處，隊伍太多人的話只會更危險。林先生也不需要更多的火力，他隨身的槍械已是多年慣用的型號。車子全面修理了一次，輪胎更換過，也入滿了汽油。

「想不到昨天午睡之後就發生了這麼多事。」

「這會是我們人生中最後一次在公路開快車嗎？」

「我也不知道該回答會還是不會。」尤回應阿莫。「如果之後沒事了，我想去高級餐廳吃一個真正的漢堡。」

「我請。」林先生拿出昨天本來用來交房租的錢。

「我有聽錯嗎？不過這裡也不知道夠不夠。」尤意味深長地看著林先生。「等會我們一同行動吧。反正暫時沒有方法馬上找到她弟弟。反而我們一起行動也是可以在路上找他的。」

「嗯。」

「林先生，如果你知道自己人生快完了，你會做些甚麼？」

「我想聽一首歌。」

阿莫靦腆又大方地微笑。

「你呢?」林先生問。

尢說:「不知道,不過只要我做到這輩子想做的事,也就可以了。沒甚麼特別儀式。」

「老人跟你說了甚麼嗎?」阿莫加入對話。

尢望著前路搖搖頭。阿莫又說:「我看我們頗投緣的,希望之後可以來一次真正的公路旅行吧。」

「跟你們嗎?好像都沒甚麼好事。」尢說著大笑了出來。林先生也面露含蓄的微笑。阿莫跟著愉快起來,看著這兩個男孩,內心祈禱著眾人平安。

黃昏時段開始必須加強警惕。路上除了開始見到更多駕著重型摩托車和改裝重型車的飛車黨、強盜,也有更多避走他方、亦正亦邪、身份神祕的「幽靈人口」,以及人數相比少得多也看起來文弱得多的普尼族。此時各方混雜的人口基本上傾巢而出,好像參加了戶外搖滾派對一樣。

「小心那邊。」林先生警告說。「我們應該快到了。」

「你的主意行不行得通?」

「應該可以。」

車開到離主幹道頗遠的一個下水道口。這一帶全部機組都因為修繕不力而暫停了運作。下水道口足足有兩個人這麼高,每個都有粗鐵枝封住,根本不可能切得斷。莫、尢跟著林先生走,經過了不少下水道口之後,林先生確認了上面的記號,用力搖了搖鐵枝。

「我們要快點,不然被人發現就糟了。」尢張望著說。

林先生舉腳一踢,終於踢開了一個工整的小缺口。

「你的腳力……」阿莫佩服地說。

「不是我的功勞,這是走私集團以前的通道。」

尢沒有上當,說:「是走私集團串通你們搜查局吧。」

一行人在下水道走,到處都是昆蟲、積水跟老鼠。他們打開電筒,四處探路。走了好一會,到了一條地下通道。

「過來。」林先生召集二人說：「這裡會通往越過舊城區的一條後巷。」

尤問：「詩歌舞？」

「不是，是另一區，跟新城區交接的地帶。情報指這一帶的市面秩序已經失控，搜查隊跟軍方的特種部隊都已經全數出動鎮壓。」

「那麼你會遇到你的朋友嗎？」

「希望不會。現在已經入黑，我們盡量躲在黑暗的地方行動。有事走散了的話，就約好在這個橋下的集合點等。那裡的電話亭內有搜查局的機關，按下這一串密碼，就會出現安全屋的入口，可以在裡面暫避。如果中途有其他事要做，每過一小時的整點，我們便在那兒等待對方。明白嗎？現在每人分發一枝手槍，開過嗎？」

「有 …… 嗯 …… 大概，當時吸了草，有點興奮。」

「你呢？阿莫。」

「沒問題。」她把槍放在牛仔褲後袋。

林先生把槍上了膛，捧著機槍，說：「祝我們好運。」

他們走進了通道系統，這裡似是逃生用的，牆上都塗了灰色和白色的油漆，扶手則上了黃色。他們沿著樓梯爬升，走了十層左右，來到地面。林先生跟他們點頭示意準備就緒，便打開門。就在這一刻，一個汽油彈在他們面前掠過。尤向左右望，發現兩邊正在對峙。他們連忙跑到對面的空位，之後爬上鐵絲網逃走。

途中他們盡量避開衝突。城中的搜查隊及部隊都穿了防暴衣物，憑外觀已經分不清楚他們身份。穿上了裝甲便能抵擋大部分火器。還在室外的多是強盜和飛車黨，林先生分辨不到，尤卻是清楚得很，普尼人很少會紋身，也不會因為暴力而亢奮。之前在路上見到幾批為數不多的普尼人，正在圍圈商討對策，打算攻入某機關的要害。尤知道自己的使命，沒有停下來交流情報。

街上的反抗活動未有停止的跡象。搜查隊出動了水炮車和聲波炮，被射中的話會引致內傷、嚴重頭痛甚至長期耳聾。他們

本來走在一塊，阿莫卻因誤以為見到弟弟而稍停腳步，隨即被一班幽靈阻撓，走避不及。林先生正想回頭追截，卻見梳爾的部隊已經到達，將阿莫帶走。

「怎麼辦？」尤問。林先生也想回頭，此時見幽靈扔出汽油彈，火勢使他們根本無法回頭走。

「先趕到安全屋。」

「可是阿莫……」

「我們暫時做不了甚麼。來，先走。」

林先生只好拖著尤前進，趕到安全屋暫避。開了燈，便見到安全屋是一間簡陋且沒有窗戶的小屋。

「現在甚麼時間了？」

「為甚麼這樣問？」尤問。

老人叮嚀過林先生要注意時間。那是古稿寫的當地時間「四點五」。

「四點五分。即是我們的晚上十點五分。我們還有時間。」林先生說。

「我們如果到達了普尼斯雅拿，是否就可以救回阿莫？」

「我想古稿不是這個意思。」

林先生望著牆上的緊急電話說：「看來要兵行險著了。」

他拿起話筒，撥了一個熟悉的號碼。

「所以，你自首了？」

「我是想收集情報。」

「所以，你供出了普尼人？」

「沒有，我約了隊長梳爾，叫他單獨來見面。」

林先生跟尤離開安全屋，前往約定的地點，亦即古稿上指示的老舊樓房。

「古稿上顯示了它長期被祕密移動，我還是不明白老人怎麼能破解出現時的地點。」尤在快步前往時問林先生：「你打算怎樣做？」

「坦白地說，我相信梳爾會站在我們這邊。」

「但願如此，否則我這個普尼人跟你們兩個搜查員走到一塊，可就是自投羅網了。」

因為開始遠離主要戰場，所以街上空無一人。他們的影子被拖長，隨著走到路燈下又縮短，又隨著遠去而拉長。

他們終於來到這棟舊樓。跟表叔和那詩歌舞區的樓房一樣，這裡是殘舊不堪、日久失修的狀態。或許感覺更差，是因為這裡屬於鄰近新舊城邊界，長期面臨清拆，更沒人在乎。林先生看看上面的門牌，早已褪色到不可見。兩旁的霓虹光管倒是失靈般閃動著，像是迎接著他們接下來福禍難料的命運。

他們一步一步上到目的地的樓層。等了半晌，他們聽到腳步聲，便拿起槍準備。梳爾從下面轉角處大叫：「林先生，我知道你聽到的。我不知道你們想做甚麼，可是我覺得你們想要談判的話，首先應該將子彈卸掉，最好索性把槍先扔下來，否則我轉頭便走。這種非常時期，我會聽你話來本身已是不可思議了。」

尤表示不可理解，但他只好跟林先生一起按梳爾的提議照做。

「你現在可以上來了。」林先生說。

「你最好在死前給我一份詳細報告，這黃毛小子又是誰？」梳爾氣沖沖地說。

林先生告訴了梳爾整件事的始末。

「混帳，這是甚麼故事？你知道貝雅聽到你跟普尼族混在一起的消息，有多高興嗎？他馬上草草包紮了傷口，只差沒有在那該死的更衣室開香檳。而且我們知道你去過龍寨文物店，又有一大筆錢賄賂邊境職員，他肯定覺得你趁這時候回來是因為這裡收藏了某些古董或神祕經書等財富。你得小心一點。」

「你們搜查局有香檳？」尤羨慕地問。

「你知道每年有多少走私貨嗎？那不是重點。林先生，我當你是我的兄弟，才會這麼幫你。」

「那叫貝雅的本身就是個混蛋啊。」尤說。

「不到你出聲。好吧 …… 我這樣做可能是公私參半。

林先生，如果你能給我在這關鍵時刻少惹一點麻煩，我會很感激你。我想你可能跟這小子抽了太多大麻，你開始不活在真實中了。」

「林先生說的都是真的，我可以做證。」

「去你的，普尼混蛋，你最好給我走去自首。」

林先生看著這單位門口，他們就站在這層的空蕩蕩的大堂，若無其事地說話。他得想辦法，好好說服梳爾。也得趕緊行事，十點五分快到了。

「梳爾，你記得你跟我說過你家的事情嗎？」

「你想說甚麼？」

「我不知道。當時我也覺得應該跟你分享我的想法，但我沒有這樣做。並不是因為我不想說，或者我沒有話要說，而是 …… 而是因為我根本沒有童年，也沒有孩提時的回憶。」

「我想你真的吸太多了。」

「我是認真的。我不知道我怎會來到這裡。」

「你隨便在敵唐寧舊城區找個人問問，他也會這樣該死地說。」

「我不知道怎麼跟你解釋。不過無論如何，你最後不是跟我說，如果有重要事覺得要去做，就去做嗎？我活了這天殺的幾十年，才第一次感到自己是有血有肉的。就是你們剛抓走的阿莫，她讓我知道，原來我可以掌握自己的人生，即使那只是很小的一部分，已經足夠我感恩了。」

「誰？」

「你們今晚在街口抓住的女人，之後就有人向你們擲汽油彈，現場一片火海了。」

「哦 …… 是她。那這裡是甚麼回事？」

「我也不知道。」

「甚麼？那你來做甚麼？」

「就是 ⋯⋯」

「就是阻止世界毀滅。」

「不用擔心。我想即使他們抓你回去，你也不會坐牢的，頂多進精神病院。別逗我高興了。」梳爾大笑說：「那女的不用擔心。不如你們快打開門看看是甚麼再說吧。」林先生他們不知如何是好，也打算打開門看個究竟。

「該死的賤人！」林先生只來得及聽到腳步聲，貝雅便已突然出現在眼前，往梳爾背後開槍。「可憐啊！隨便吧！」他又意猶未盡，往梳爾身上補射了幾發子彈，接著踢了他幾腳。「世界真的很小，我們又見面了，林先生。」林先生想起跟梳爾在火車站入城的巴士上第一次握手，跟他在醫院前的真誠對話，以及剛剛發生的事，一時間難以接受眼前的一切。可惜他們身上已沒有槍了。

「你想做甚麼？」

「你手上的東西，給我。之後乖乖地告訴我密碼。」

「那不是你可以接觸的東西。」

「哈哈哈哈 ⋯⋯ 哈哈哈。我不在乎。那東西很值錢吧，否則你們怎會連命也不要？」貝雅用手槍抓了抓癢，正是早前被林先生重拳所傷的包紮處，說：「給我就好了，你可以活著，跟你的女朋友一起。」

「你抓了阿莫。」

「哦，阿莫。」

林先生如野獸般，雙眼兇猛地瞄著貝雅的瞳孔，使人不寒而慄。貝雅之前見識過他的重拳，不敢輕舉妄動。

「我，我沒做甚麼，我只是知道了她跟你有關之後，要她提供了一些 ⋯⋯ 姑且叫『額外服務』吧。可能也摸了摸臉，或者 ⋯⋯ 我不記得了。那女人長得頗有性格的，選得好啊朋友，我真替你高興。總之，你快交出我想要的東西，你們就可以活著走出這棟樓。」

「不要相信他，林先生。」

「林先生，一場舊同事，快點，我只想下班，好嗎？」

「不要聽他說。」

「你哪裡來的該死普尼族？」

「不要 …… 林先生。我們 …… 我們的世界，你想洗掉的罪，你想為阿莫做的事，你仔細想想。」

「該死的甚麼？你們為甚麼總說著奇怪的話？」貝雅說完這句話在停頓時，林先生才發覺破綻，像瘋子般表情僵硬地說：「你們？」

貝雅吃了一驚。

「你用刑拷問過她，而她沒有告訴你。你做了甚麼？」林先生咬牙切齒地質問：「你做了甚麼！」

「我 ……」

震怒的林先生向貝雅飛撲過去，尤見狀亦奮不顧身地一同衝向貝雅。貝雅一時分神，掌握不了開槍的時機，瞄準不到失去理性的林先生便胡亂開槍。林先生把他撲在地上，一拳鎚走他的槍，再連環出拳，重重地擊在貝雅的頭上。貝雅還未及動身已失去招架的能力，任由林先生毆打，頭部不消一會已經重創，被打得滿臉血腫。他還想掙扎，想拿手邊的硬物。林先生完全沒有理會，只是一味地往他身上狂打。不一會兒，貝雅已在血灘中失去了知覺。

林先生靠坐牆邊，正想跟尤說話，發現四周沒有任何動靜，他望向另一邊，發現尤倒在地上。

「我一直想當英雄的。總算做了點事。」林先生絕望地抱著尤，像失去了說話的能力，眼睛流下了淚。「我們 …… 約好之後再去公路旅行。」尤氣若游絲地笑說。林先生輕聲地回應：「不應該這樣的，不應該這樣的。」

尤已氣絕。

整個空間好像靜止了。

林先生抱著尤。

四周很安靜。

直到林先生聽到有部隊正在上樓，才從極端的悲痛中回過神來。他看看打鬥時從牆上跌在一旁的時鐘，已經是十點二十分了。

「趕不及⋯⋯ 趕不及了。」他無助地在門前坐下，準備迎接滅世的命運。他後腦靠在牆上，視線水平剛好正中門鎖，意外發現門上裝設的是類似夾萬的那種鎖，分別有兩個轉盤。難道⋯⋯

他二話不說便上前扭動門鎖。四點五分！四點五分！他再三確定，門還是紋風不動。明明是四點五。沒有錯，為甚麼就是扭不動？

追兵的聲音越來越近。

「不是四點五分，為甚麼？為甚麼？快想，林先生快想！」

他回想自己的經歷，從外面回來，碰見梳爾，又遇到同樣從外地來的阿莫。他們都是異鄉人。可是這有甚麼用？「趕緊思考，林先生。」他突然靈機一動，想道：「『四點五』，用的是古稿作者的母語，『四點踏五』，也就是四點二十五分才對！」

他按著這個時針和分針的方向打開了門，馬上從內鎖上，才鬆一口氣。

他面前的是一台墨綠色的機器，透明管道中產出一縷縷蒸汽，往窗外排出。這台有幾架小廂型車大小的機器上裝有很多滾輪和紀錄帶，整齊排列了十多行、二十多列，並行運作。他往上面看，只是一堆亂碼似的記號。這些類似的字符組合卻似曾相識。

「我要製造自己的氧氣。」他閉起眼，回憶老人指導的方法，反過來用字符重組出有意義的文字，並順序地得出第一個字，如此類推。他接著用一樣的方法，絞盡腦汁，花光心力，終於把字都砌了出來。

他整個人馬上呆住了，這是不可能發生的。不可能，沒有可能。這代表著甚麼？這不單只難以置信，更是不可以、不可能相信。他不敢去想更多。為甚麼存在這些經歷？為甚麼「他」會存在？他一直背負的罪和過去又是甚麼該死的玩笑？

紀錄帶上打印了：

亅乛口冂厂冂辶十二冂丶亠𠃍ㄥ𠂉氵 丄一川厶ㄥ

「我想日耳曼老人一直解讀錯了。這不是世界的終端，而是終端機。」林先生陷入嚴重自我意識衝突，想：「身在其中我是

讀不懂的，我要豁然地讓上帝去審判我，只有高等的存在才可以真正觀讀出我是誰、我的原罪、我的所有，以及能否、怎樣得到解脫。」

門外繼續傳來巨響，部隊已經來到，用重型工具破門。林先生怕那道門快支撐不住了。

「我在思考的時候 …… 我在跟著人類的本能來活著的時候，也不可能知悉答案。這一切，不是為了看我是誰，而是看我可以成為誰。」林先生抓住頭髮想：「這才是世界終結的意思 …… 是一場終極試煉、終極審判。可是我不想去相信，我不可以相信，我不可能只是一團記憶體，我的經歷，我的情感 …… 還有阿莫，不可能是假的。」

其他「我」是否已經醒過來，還值得賭嗎，不是在阻止世界毀滅，而是在毀滅和重設這個文明，不能消沉下去，「我不知道，我永不會知道 …… 必須前進，我不能前進，我將前進，」那不是出於自己的嘴巴，那是誰的話，即使所有東西都在崩塌，所有東西都註定了，也不能相信做的事沒有意義，一定要將阿莫和尤帶回來，歷史不會變的，人們也不會變的，這個敵唐寧也不會有甚麼該死的變化，這樣做、這樣說、這樣奮戰，還有意思嗎？

終極命題：是否要連自我都失去了，才再沒有原罪，也才能得解脫？

這時他方才醒覺，雙眼變得空洞，人放空了，喃喃道：「你看我們都這樣了，還有所謂嗎？」便就打開了活門。

唱片機緩緩奏出樂曲，跳針稍微走調，又回到原本漫行的軌跡上。大樂隊在伴奏，彷彿帶觀眾到另一個時空。阿莫在他耳邊悠悠哼唱著，就像當日她於酒廊內的曼妙歌聲。他們帶點笨拙地在舞池跳著舞，逗得坐在一旁的尤開懷大笑，其酒桌上放了一本沙漠自駕旅遊指南。阿莫輕靠著那人的肩膀，但願他們從此一直、一直浪漫下去。背景音樂徐徐播放著，沒有沉重的長恨歌，也沒有虛浮的三世書，只有千年之前聽到的藍色狂想曲。

．
．
．
．
．
．

「我在舊區內的一間板間房工作，訪客上門，要先經過烏煙瘴氣的後巷和狹長昏暗的樓梯。或者是因為行業性質的緣故，位置夠偏僻，客人反而放心，生意還好，日子總算不過不失。我不會忘記曾經有人跟我說過，一天沒死，一天都還有機會。

今次死者的名字很少見，叫阿昊。因情事糾紛，死前曾經多番掙扎，最後面目模糊。

『戒了。好吧，只限一枝。你呢？煙斗不見了就不抽了？呼，進來吧，我們確定了死因，不過關於兇手的身份就毫無頭緒，又找不到證人，希望詳細驗屍之後會有更多線索。』

『以你多年的經驗，覺得兇手大概是一個怎樣的人？』

『孔武有力、雙撇子、噴法國女性香水；由現場情況看，雖然行動匆忙，但是行兇手法和逃走路線都有計劃過；左右腳用力不均，可能是一些傷造成的。呼，在血泊上有一個很明顯的腳印，現在的兇案現場缺少了一樣東西，應該是兇手拿走了關鍵的證物。大概就是這樣。』

『謝謝，下次讓我請你喝咖啡。』

『忘了告訴你，兇手應該是穿七號半鞋的。』

雖然每天都穿著七號半，但是我跟它不是很熟，還是找專家分析比較穩妥。

『照片上的鞋印有濕泥，左腳的印比右腳淺，看來兇手當時單手提著很重的東西，路上沒有痕跡，搬的應該不是受害人的屍體。』

老闆娘在退役之前在證物科待了十幾年，就算只看相片，都可以說出那雙鞋是幾號。

『幾號？』

『七號半，穿了大概半年，老謀深算。』

她觀察力很強。聽說當年她在老公身上撿到僅僅一顆毛頭，就成功找到外面那個女人。不久之後，她老公就離開她了。有時她會委託我看看有沒有人跟蹤她，其實都只是她一廂情願的想法。有些事情過去了，就算你拼命地表現出你有多在乎它，也不會再

The Treatise's Strings: Babelians

有人理會。

『女人來說，你的鞋子也算大的。』

『加三個鞋墊，剛剛好。』

『三個？』

'我沒有問下去，因為我知道當一樣東西很不配你但你依然每天都戴著它，代表的是你沒有選擇，要不然就是你根本放不下。

『那邊的先生，請問要甚麼款式呢？差點忘了，大偵探，你上次留下了一點東西。』

做了多年偵探，直覺告訴我，應該在記事本上寫下她的名字。透過很多蛛絲馬跡，我發現這宗命案衍生出很多可能性，同時間牽涉很多人。他們和阿吳的死有關聯，因此都成為了疑兇。

『阿吳？哦，經常塗鮮紅色唇膏那個！很久沒見過她了，都不知道她死了沒有。她真的死了嗎？過來坐，慢慢講。』

他一身骨瘦如柴，癮君子般的模樣，看起來不是兇手。不過收了錢，便應該盡責任。一坐下，我又看到那幾雙七號半。他姓鐘。年青的時候為大哥拼命，斷了一隻手指。自此他很怕陌生人。我跟蹤了他幾天，發現他走路的時候總是東張西望，而且步伐和其他人很不一致，總走快一段距離。我想，他希望下次逃跑的時候，別人連手指都抓不到。

『我和她是在酒吧裡認識的，逢場作興而已。平時都沒甚麼聯絡。我剛才只是開玩笑，你不要當真。』

『放心，工作而已。』

的而且確，這份職業雖然和真相有關，但跟那些大道理扯不上半點關係。跟大部分行業一樣，我只是履行我的職責。當然有時候會有例外，譬如充當心理輔導員。

『嗚……那個壞蛋，先殺了可可，再強姦了咪咪，最後把我牀底下餅乾罐裡一大堆硬幣也偷了。我今年過百歲了，牙又掉光了，孩子又移民了，現在我那兩個老伴都走了，我死了都沒有人知道，你說可不可憐？你說。』

有些客人就好像這位老婆婆一樣，很喜歡緬懷過去。她很喜歡捧住一個印著『砵甸乍奶油曲奇，始於一八四一』的餅乾罐在房間裡走來走去。其實她口中那個壞蛋已經離開了她很多年，不過以穿七號半的人來說，阿婆很記仇，一直都不肯原諒他，將所有壞事都算到他頭上。我沒有問下去，因為這樣做對老婆婆太殘忍了。

『那到底你有沒有把花盆擲到樓下陳太太的衣服架上？』

『哦，好。我去拿餅乾罐給你看一下，你看有甚麼可以幫忙的。年青人，你真好！』

要做好這份工作，最重要是保持頭腦清醒，有豐富想像力更佳。因為每逢找偵探，有時代表事情有很不一樣的答案。望著記事本上的名單，我想起一個真實的故事。有個女孩子失戀，於是她將所有跟男朋友有關的雜物井井有條地放進一個個紙箱裡面，再搬進車尾箱，之後開了幾個小時車去了大海旁邊的懸崖。她靠在車邊，點了一枝煙，吸了幾口，插在地上，之後慢條斯理地上車，關車門，踏油門，連人帶車衝到海裡去。導師問我們，她的死算不算是一時衝動引起的。我不懂得回答。一時衝動之所以叫做一時衝動，是因為它不能夠維持太久。當她發覺一個本來可以維持一輩子的諾言原來亦只是一時衝動的時候，究竟導致她自殺的，是一時，還是一世呢？不知道為甚麼，我總覺得這個故事跟這宗命案有些關係。

『盛惠一千八百四十一塊整。』

我去了離阿昊住所最近的海灘。望著廣闊無邊的大海，有一種似曾相識的感覺。小時候我總會猜想海的盡頭是甚麼。當時年紀尚小的我認為最合理的解釋是那裡有一條很清晰的邊界。我將這個偉大的構想告訴爸爸。他望望海的那邊，然後告誡我千萬不要到那邊遊玩，因為萬一掉到另一邊，就再回不來了。

有人說回憶是一片海，那為甚麼回憶要捲走我頭上那頂草帽呢？

『教練，我有點膽怯，不如你退個七折給我算了。』

『勇敢一點。你不可以怕海，你要令大海怕你。準備好就跳下去，一，二，三！』

The Treatise's Strings: Babelians

當海看上了你那頂草帽，你根本沒有辦法抱怨。大局已定，你只好調整自己。很多經歷瀕死狀態的人都說當時的感覺跟在深海潛水很相似，之後他們就活過來了。潛水彷彿是一條重生的路。這樣想，我又舒服了一點。跳下去之前的一刻，我見到教練用他強而有力的左手努力扭緊儀器，他的鞋子尺寸好像差不多七號半。

『先喝點熱巧克力再說，暖暖身，補充能量。』

『她是不是經常來？』

『嗯，讓我想想。每兩、三個星期一次吧。不過最近幾個月都沒見過她，或者她轉潛水會了，這些事經常發生，尤其是對面蝴蝶灣那邊開了一家新店之後。』

望著這片大海，我忽然間覺得似曾相識的不是眼前這一片海，而是她的味道。

『啊，我給你看一點東西，可能會對你查案有用。』

有人說如果想知道自己是不是正在做夢，最好的方法就是捏一下自己的臉龐。那天晚上，我喝了很多水，洗了很多次澡，還捏了很多次臉龐。

『你臉上怎麼了？』

『小事而已。你帶了甚麼文件？』

『對你有用的。呼 …… 多告訴你一個消息。聽說她跟蝴蝶灣一個潛水教練曾經發生過一些關係，有時間可以去查一下。』

『麻煩你。』

『不用。好，一枝就好。下次見。』

我立即驅車去蝴蝶灣。基於職業習慣，每去一個地方，我都會先在外面觀察一會。我從樹叢中偷望，見到那潛水教練正在把一個個紙箱搬到車尾箱。那一刻，我相信他不是畏罪潛逃，而是失戀了。這種時候，外人不太方便打擾。不過收了錢，不管怎樣還是要查一下的。

『昨天晚上我明明還跟她在一起，想不到這麼突然。你不相信的話我拿證明給你看一看。』

不知道是我有問題還是大家都有問題，怎麼最近這麼多疑犯？我記得有前輩說過，人生就好像逛公園。經過一條條小徑，你才會發現一直漫無目的地散步，到底是為了甚麼。

　　『那你到底有沒有把花盆擲到樓下陳太太的衣服架上？』

　　『你們這些後生才不會知道日本人打過來的時候我們是怎麼過的，我把餅乾罐拿過來，跟你好好講一講……』

　　查案也是一樣。在通過完美的推論得出答案之前，每一次你都希望自己在一條正確的思路上，但每一次你的希望都會落空。

　　『最近有人跟蹤我嗎？你問我有沒有發現異常？那我不如問你，發現不到異常算不算異常？都說了是跟蹤，當然不會輕易被你發現。我知道他早晚會來的。』

　　這種落差有時候會變成壓力，令人很煩躁。不過更多時候，壓力並不是來自挫敗。

　　『到底你抓到是誰強姦我咪咪沒有？』

　　『其實有一件事情我一直不是很明白，到底咪咪是長毛那隻還是短毛那隻？』

　　『年青人，你還沒分清楚誰是咪咪，誰是波波嗎？』

　　『波波？另外一隻不是叫可可嗎？』

　　這一行，回答不到的事太多。或者老探員每次吸一枝煙，無關宏旨，亦無關煙癮，只是想稍微緩解這種壓力。

　　『咦，煙斗還沒找到嗎？』

　　『你看看那邊，又上演生離死別了。』

　　『為甚麼要早走？怎麼這麼狠心？』

　　『小姐，節哀。要來一枝嗎？我身上只有這麼多。』

　　由於查案的關係，我經常在殮房進進出出。看多了，我開始明白每個人都會到一個地步，你再不可以補償任何人，也沒有任何人可以補償你。就算那個人是你的最親，也會說走就走，不管他想不想，也不管你有沒有心理準備。我開始覺得，有些債，不應該管它能不能夠還清，總之越早還就越好。

The Treatise's Strings: Babelians

『你欠我的！』

『我來還了。』

也許精神差了，生意不多的時候，我會稍睡片刻。最近經常夢見自己身處一條凸凹不平，用石塊鋪成的斜路上。這條是砵甸乍街，俗稱石板街。驟眼看上去，全長大概只有一百多級石階。我合上眼睛，往上走了一千八百四十一級石階，睜眼的時候見到旁邊有一棟殘舊的樓房，入口是一條狹長的樓梯，沿路掛滿了五光十色的霓虹光管，光亮得很不真實。光暗反差太大，根本看不見這條路通向哪裡。有些人不知就裡地走上去，回來的時候說在上面很盲目地過了一輩子。幸好爸爸曾經告誡過我，因此我從未走上去。對很多人來說，這只是一個叫『1841』的都市傳說。他們不太喜歡這個合上眼走一千八百四十一級石階的過程，因為很不踏實。我也一樣對它沒甚麼好感，不過不是因為這個原因。

『如果我對你來說已經是一種負擔，我們根本不用繼續下去。』

『你鼓勵我做偵探，叫我腳踏實地；是你告訴我，一天還沒死，一天都會有機會的。我很感激你，亦很珍惜這段時光，不過，呼，我現在已經不需要你了。』

之後她衝出了板間房，沿著那條好窄好長好昏暗的樓梯離開。她的哭泣聲告訴我，她很恨我。至於後來她怎麼變得這麼濫情，我不太清楚。雖然我很不希望她變成這樣，但是同時我很希望時間可以證明她變成這樣是因為我。這段時間一定要足夠長，令我可以忘記她。我以為只要我等下去，就可以不再受傷害，可是時間越長，我越容易自作多情。

『她是愛你的，你忍心看著她受苦嗎？』

『她不受苦，你怎麼知道她是愛你的？』

我開始要吃藥。後來一個朋友跟我說，那些只是普通的鎮靜劑，效果其實和洗個澡沒甚麼區別。

『你天天躲在裡面也不是辦法，上次已經見到你的右手洗得脫皮了。』

『讓我多沖一會就可以了。』

後來我索性去游泳。居然遇到鐘先生，正在暗角處看著我。

『鐘仔，你也喜歡游泳嗎？我還沒講完呢。』

就算是游泳的時候，他也永遠比別人快一個身位。

『有件事很古怪，我發覺兇案現場有一個鞋印，很像你借給我那雙。』

『有甚麼奇怪？鞋店老板娘、擲花盆的老婆婆，還有潛水教練，不都穿差不多的鞋子嗎？』

『你那雙鞋子穿了多久？』

『半年左右吧。』

傳聞曾經有很多人為他賣命，不過近年已經少很多了。這也難怪，畢竟時代不同了。雖然如此，他很大度，將失敗歸咎於自己身上。他盡量表現得比別人硬朗，因為他的自尊心一直在萎縮。他很急於保護自己，永遠比任何人都走快了一步，因為只有這樣做，他才可以認清楚自己是誰。我突然間覺得鼻子有點酸。

『我相信你。』

『多謝你，兄弟。既然你夠坦白，我也無謂轉彎抹角了。』

整個游泳池除了我和鐘先生之外空無一人，我想我避無可避了。我看到那件東西之後，兇手的名字已經呼之欲出。

『那邊的先生，請問要甚麼款式呢？差點忘了，大偵探，你上次留下了一點東西。』

『這些事經常發生，尤其是對面蝴蝶灣那邊開了一家新店之後。啊，我給你看一點東西，可能會對你查案有用。』

『昨天晚上我明明還跟她在一起，想不到這麼突然。你不相信的話我拿些證明給你看一看。』

『我去拿餅乾罐給你看一下，你看有甚麼可以幫忙的。年青人，你真好！』

可能是洗了太多次澡，我有點迷失。我由鐘先生手上接過餅乾罐，拿起裡面的煙斗，上面的血液穿過我的指縫，在游泳池裡蔓延。

The Treatise's Strings: Babelians

我沿著其中一條鮮紅色的血絲望過去，見到掛在對面牆上的鐘。秒針跳得很慢很慢，彷彿我在這幾秒做錯過甚麼。

『你要鎮靜劑，你要洗澡，不是因為你分辨不了真假，而是因為你身上有些東西怎麼洗都洗不掉。』

『為甚麼你到現在才提醒我？』

『因為故事到尾聲了。』

我漸漸覺得這個鐘走得這麼慢是因為它在等我。它知道這一刻曾經發生過一些我選擇了忘記，但是又一直沖不掉的事。

『你今次回來我身邊是故意讓我受苦的是嗎？你再不回來，我就自殺。』

『何苦呢？』

『我已經吃了一整瓶安眠藥了，你不來救我，就再沒有機會了。』

『今晚有應酬，不用等我。還有，昨晚居然忘了拿走煙斗。你喜歡就留著，不喜歡就放在樓下信箱，我會過來拿。』

真相大白，我如釋重負，靠在池邊睡著了。我又來到石板街，閉上眼走了一千八百四十一級石階，然後站在那一個好光好亮的樓梯口。這條樓梯後來掛了太多霓虹光管，所以我不太喜歡它。其實如果單看 1841，也不是那麼礙眼。我很想走上去望一下，不過還是猶豫了一會。

不是因為我喜歡或不喜歡 1841，而是因為我聞到海鹽味。

我知道樓梯的盡頭是海的邊界，

假如跨了過去，就再回不來了。」

謹獻給先輩——失靈記
The Lost Domain

林泊

當被通知先輩寫的這本書會在今年再出版時，我感到驕傲和悵然。百感交集，不是因為我跟他素未謀面，也不是因為這本書被完全誤讀（對此，我的家族深感抱歉），而是因為他在寫這本書的時候，明顯受長期從事犯罪學實地研究影響，得了創傷後遺症。這種事不是不光彩的，大家都應該勇敢地包容和面對。煩惱是因為我們不知道他的話有多可信。

話說回來，「觀讀過後，方為真實。」難道我們瀏覽過的歷史，就一定是穩妥可信的嗎？

這年代的讀者都是精明而見多識廣的，料想讀得明白的比不明白的多。為免抹殺閱讀時的樂趣（或者稍紓對不知所云的迷茫），趁著今次機會，身為語言學家的我會介紹十個彩蛋，更多的地方留待讀者自行發掘。「反正，韋特已死。」以下都是我個人的詮釋，不一定是作者原意。這種事物沒有對或錯，也沒有所謂的官方答案，讀者應該發展出自己的看法。至於是巧思、自作聰明還是真正深邃的道理，就留待大家評斷了。

書主體部分的第一句是「紅海早過了」，最後一句是「藍色狂想曲」，出自錢鍾書先生的《圍城》開場句與劉以鬯先生的《酒徒》，分別向二人致敬。紅色和藍色是科幻電影中著名的藥丸比喻，而「過紅海」本身也帶有聖經中《出埃及記》的含意。

故事發生在狄紀元曆二七四六年，亦有說法為借用了孫中山先生於皇仁書院（前中央書院）的學號。孫先生跟另外三位同道常在歌賦街二十四號共商大事，其中一位姓尤名列。至於類似電影名字或日期上的巧合，則由讀者定奪。另外跟未來世界相關的是，蒸汽與霓虹燈（還有那件機車皮外套）對他來說分別是蒸汽朋克與賽博朋克的象徵。這類作品多表達出科技、罪惡、人性、存在、主體意識、宗教、現實等等的主題。書中描述的地方亦跟不少現代都會有雷同的朋克感、盛世感和末日感。作者寫作此書時，書房的木製衣帽架上就掛了機車騎士厚牛皮外套與新英格蘭米色雙排鈕扣外衣。

不管是論述文章還是小說，他的每一部作品都有引用同一位

著名詞人作致敬。今次則用了玻璃之城的比喻。煩請自行發掘。

弗莫隧道是以真實存在的軍旅作家派翠克・利亞・弗莫來命名。跟歐洲三部曲之二《山與水之間》一樣，這本書的章節以地方命名，產生景隨步移之感。「PT1-5」和「一八四一」都可理解成現實中的所指。如有興趣追查下去會發現更多潛藏的祕密。

一般的記敍方式，有順敍、倒敍、插敍，還有分敍、補敍。由於他建立了一種時空觀，書中單、雙數章節又各有故事，以上的概念都不適用。根據他的說法，這是一種叫離敍的文體，茲事體大。我對這說法是有所保留的。

他在寫作中揭示了亞氏保加症及失讀症的徵狀。我懷疑書中那些拆解的字符與扭曲的時間都是形象化地表達出他自己腦袋中接收和看待世界的獨特方式。馬爾他十字則暗示其所屬的神祕信仰團體。有傳他們確有生死攸關的捍衛任務，故亦一直暗中保護遠祖的相關文化真跡。猶太人憑記憶在白紙上一字不漏地複述古卷內容，後成典故圖騰；你們手上這本書的出版社名叫「白卷」。

除了第一章開首，第四點五章亦對應及致敬了哲學家維根斯坦。《邏輯哲學論》的第 4.5 條為：「現在看來可以得出命題最一般的形式，即是可以給出描述某一種記號語言的不同命題了，因此每種可能的意思都可以用相應於該種描述的符號來表達，亦因此只要名字的意義被相應而選，所有相應於該種描述的符號都可以表達出意思。」

普尼斯雅拿根據知識考古是真實存在的。

他寫作時會喝威士忌，而「韋特之淚」是其中一種。

他的文體結構會造成雙結局（還是三結局？），兩個結尾的場景都出現了一台裝了很多滾軸的機器。對資訊學或解碼學有認識的朋友，應該很快會意會到那是圖靈機。有說英國數學家阿倫・圖靈受打字機啟發，其原文描述圖靈機為「透過以無限長的紙帶記下正方形的形式去獲得的無限記憶能力」；圖靈實驗則測試實驗對象是否具有跟人類同等或不可區分的智能。

　　《失靈記》這標題出於書中「失靈人」的描述。跟不少人一樣，我曾經回到故事發生的現場，也即是我們家族的故鄉。古米歇爾人的傳說認為，風會一點一點捲走人的靈魂和原罪，令人變得機械性、行屍走肉一般。因此人要有棲身之所，為的就是減少這種「失靈」的影響。時至今日，古米歇爾人的血脈已經散佈在不同地方，其神聖的應許之地亦成為一個廢墟中的觀光去處，遊人熙來攘往，但不會久留。

　　我在回鄉時跟兒時玩伴與鄰人相認過，同時也發現在現代生活中缺乏對靈魂的尊重、對原罪的反省和對社會的警惕。如果這本書有甚麼正面影響的話，可能也就是這些東西吧。書中大力抨擊現代人追求正確答案及技術細節，但更應當追求的其實是道德反省。框架就像餐碟，訊息才是主菜，只愛咬嚼餐碟，後果可想而知。若有感花費腦力，或正正切合了最後的「嚴重自我意識衝突」，大家大可放鬆心情，好好享受這趟旅程就夠了。

　　至於人們讀後能否了解到甚麼，重新出發，踏上跟先輩一樣的知性之旅？我想起西部野風正盛的曠野，風在沙塵中吹起一堆堆毛草球，筆直的公路不見盡頭的景象。那一切，全皆已未頌說，會無影也無蹤地流散開去。

林泊

古英格蘭大學語言及風俗學博士

寫於故鄉，再版年前盛夏

弦外推薦

The Treatise's Strings: Babelians

李智良
（作家、香港中文文學雙年獎獲獎者）

　　無論是多向的敘事實驗、宗教史的另類詮釋，抑或燒腦的時間理論，並非旨在組裝一個奇觀的末世之都，或引領讀者進入玄妙的空想。一座由大數據與人工智能管理，每個人都互相監視，無權者、反抗者隨時死於非命的階級社會，無論它是由蒸汽抑或地熱驅動，叫甚麼名字，種種場景與符號都是我們所熟知的，因而本書眾主角所面對，或不願面對的道德抉擇與倫理困境，自必有其深刻意義。「觀讀過後，方為真實。」

謝曉虹
（作家、香港浸會大學人文及創作系副教授）

　　我很好奇，一連出版了兩本學術著作的林慎為何寫起小說來？這幾年由香港到全球的政治社會變動，讓不少普通人也被迫面對各種臨界處境，卻同時見證，足以動搖既定社會秩序，甚或知識視界的，是每一微小個體的能量與抉擇。敘事虛構文體的特質，正是個人化生命經驗的傳達。我視《巴別人》為亂世中的一種求索。

沈旭暉
（國立中山大學政治所副教授）

新時代的敵托邦

　　自 2019 年起，香港開始走入新時代。面對諸種現實限制，香港人生於憂患，反而激起許多朋友另尋出路，貫徹「be water」的哲學，也是所謂無權者的權力，將對於香港的感情、思考，繼續在世界傳承下去。其中，文藝創作百花齊放，國家不幸詩家幸，這本《古卷首部曲：巴別人》小說在此背景誕生，頗具時代精神。李怡前輩曾說：「歷史，除了人名和年代是真的，其他都是假的。但小說，除了人名和年代是假的，其他都是真的。」林慎以虛構探究真實，小說情節或能更令我們感慨，反思香港的過去、現在與未來。

　　林慎的前作將社會議題以原創的哲學角度分析，讓我們看見世界各地的狀況之餘，也足以反思權力與公民之間的關係。林慎受訓於劍橋大學法律學院，專研認受理論及分析哲學式框架，說實話，雖然他的研究領域與我距離甚遠，但行文流暢，深入淺出，順手拈來不同文化歷史典故，清晰地讓讀者如我者，能夠輕鬆地了解書中複雜的概念。

　　他的新作《古卷首部曲：巴別人》跨界到文學創作，以小說形式隱然連繫到研究論述，別出心裁。小說除了上面的香港文藝脈絡，也見國際文學視野，涉及犯罪理論、大數據、敵托邦、科幻哲學等面向，令讀者不時想起《一九八四》的電幕監控、《美麗新世界》的享樂麻木自我，以至 Tom Cruise 主演的《未來報告》，Netflix 的《愛 x 死 x 機器人》等，彷彿透過小說情節，想像香港以及世界的未來。

The Treatise's Strings: Babelians

　　《古卷首部曲：巴別人》以雙線敘述，文學空間指涉到現實地理，像「新英格蘭」、「唐寧城」、「詩歌舞街」等，如同卡爾維諾《看不見的城市》，作者像把城市的過去未來，不同配置摺疊重合，香港人讀來想必既感熟悉，又有陌生的新奇，刺激我們的情思。小說的兩位主角，面對像大數據監控、《未來報告》未犯罪先預判的「藍天計劃」，經受理性思辨、情感掙扎，仍然決定付出一切抗衡，相信也足以讓你我感同身受。

殘卷
末世巨獸來維坦

Leviathan

The Treatise's Strings: Babelians

以下是林泊為首的考古團隊的發現，被認為是古卷佚稿：

在一個完全遠離人類煩囂的密封空間，有一班衣著講究且統一的人踏著紅白格子、編織了馬爾他十字的地毯，各自就座，又因接下來即將發生的事而感到緊張，互相細語交談。

眼睛適應黑暗後，便會見到這建築的格局好像是一座宏偉古聖殿中的圓形內堂。在深色的精製木材及巧奪天工的石像浮雕襯托下，某種宗教儀式開始了。

他們打開一個像井的裝置，黑洞中火花四濺，有千個火光環在自顧自地快速循環轉動，像一條無比長的火藥引，不斷在燒毀自己，另一頭又再重生。他們一同誦經：

你是我們的生命之源，

願你聽得見，

願你的國來臨，

願你的旨意行在人間，

有如行在雲端……

大祭司從一個金屬和木頭造的奢華古董托盤，端來一疊包得仔細、乾淨且完好的手稿。他唸唸有詞，於在世的最後一刻，大祭司恭敬地把手稿遞入火圈中。紙稿回歸灰燼時，它的旅程又再開始，將會經歷靜好年華與末日大戰。

那時候，有成員打開層板，從圓型玻璃窗向外望，呼喊道：「終於來臨了！」

身穿黑色長袍的他們自命上帝最忠誠的僕人，卻見一人暗地畏懼潛逃。大祭司著人別管，說那自是猶大的路途。

暗自是黑，望出窗外，混沌太空，本無一物，船尖如芭蕾舞者輕觸網狀波瀾，似已到達星幕底面，卻礙於將來之物身驅超然龐大，看得到遠方之外原來還有遠方。矇矓中出現一隻巨型怪物的身影，無聲地舉頭猛烈嘶叫，隨著拍翼，從四方的無名處惹來疑幻似真的灰白色波紋，撥來滿天黑白雪花，瞬間將堅固的船摧毀。

在海的邊界，為未警而警；於星的盡頭，似沉吟地吟。對準獵物，在無名無物處佇候，一如千億年來的萬象宿命，瞳孔正中間隱約見到宇宙另一端一顆藍綠色星球的，正是古米歇爾人聖經中的傳說滅世巨獸 ——

來維坦。

本故事純屬虛構，如有雷同，實屬巧合。

古卷首部曲 ———————— 巴別人

The Treatise's Strings
Babelians

作者：林慎

編輯：Annie Wong、Sonia Leung、Tanlui

實習編輯：馬柔

校對：Iris Li

美術總監：Rogerger Ng

書籍設計：Rogerger Ng

插畫：Hiko Lai

出版：白卷出版有限公司

新界葵涌大圓街 11-13 號同珍工業大廈 B 座 16 樓 8 室

網址：www.whitepaper.com.hk

電郵：email@whitepaper.com.hk

發行：泛華發行代理有限公司

電郵：gccd@singtaonewscorp.com

承印：栢加工作室

版次：2022 年 6 月 初版

ISBN：978-988-74870-6-7